谨以此书

献给

我的家族和我的爷爷

——

神州大地上曾经的

一个普通的晋商家族

和一名普通的晋商

曹培红 著
荣浪 图

忠义的资本

晋商是个好榜样

金城出版社
GOLD WALL PRESS

图书在版编目（CIP）数据

忠义的资本：晋商是个好榜样 / 曹培红著；荣浪绘.

北京：金城出版社，2009.10

ISBN 978-7-80251-247-4

Ⅰ.忠… Ⅱ.①曹… ②荣… Ⅲ.商业经营－经验－山西省 Ⅳ.F715

中国版本图书馆CIP数据核字（2009）第185348号

忠义的资本：晋商是个好榜样

作　　者	曹培红　荣　浪
责任编辑	荣挺进
开　　本	710毫米×1000毫米　1/16
印　　张	15.75
字　　数	120千字
版　　次	2010年1月第1版　2010年1月第1次印刷
印　　刷	北京金瀑印刷有限责任公司
书　　号	ISBN 978-7-80251-247-4
定　　价	29.80元

出版发行	**金城出版社** 北京市朝阳区和平街11区37号楼　邮编：100013
发 行 部	(010)84254364
编 辑 部	(010)64210080
总 编 室	(010)64228516
网　　址	http://www.jccb.com.cn
电子邮箱	jinchengchuban@163.com
法律顾问	陈鹰律师事务所　(010)64970501

忠义的资本结构示意图

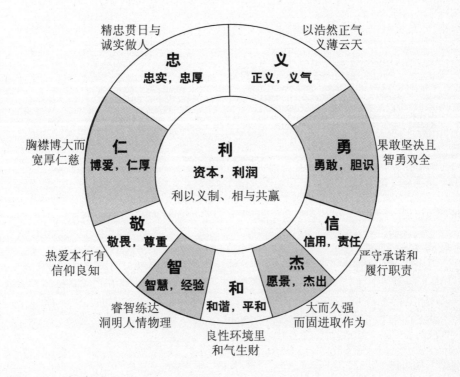

精忠贯日与
诚实做人

忠
忠实，忠厚

以浩然正气
义薄云天

义
正义，义气

胸襟博大而
宽厚仁慈

仁
博爱，仁厚

利
资本，利润
利以义制、相与共赢

勇
勇敢，胆识

果敢坚决且
智勇双全

热爱本行有
信仰良知

敬
敬畏，尊重

信
信用，责任

严守承诺和
履行职责

睿智练达
洞明人情物理

智
智慧，经验

和
和谐，平和

杰
愿景，杰出

大而久强
而固进取作为

良性环境里
和气生财

以忠、义、仁、勇的关公崇拜为信仰，兼备敬、信、和、智、杰的基本品质，谋求相与共赢的大利。这就是晋商商帮享富24代、纵横500年的商业本质。

晋商何以能做大做久

——序《忠义的资本》

我不是研究晋商的专家，只是因为写晋商题材的小说，从1986年开始，即搜罗一切与晋商有关的史料、史迹以及民间口口相传的故事，及今已20多年。这期间创作、出版过几部反映晋商历史的长篇小说，如《真迹》、《白银谷》、《茶道青红》等，字数在150万以上。所以，自以为对晋商历史还算是熟知的。但读过曹培红先生所著的这本《忠义的资本》，却深感自已疏漏了晋商历史中多么重要的一个方面，那就是本书重点论述的晋商有关"会馆"的制度建设。在我所涉猎到的有关晋商研究的学术论著中，对晋商会馆制度的研究，也同样被遗漏了。

曹培红先生的这部著作向我们表明，晋商之所以能成为明清之际的中国第一商帮，它的会馆制度是不能或缺的。

我一向以为，晋商之所以能成为历史上的中国第一商帮，是因为它具有制度创新的大智慧，而不是仅仅靠个人的商业奇才、商战中的机巧智谋之类。我在小说《白银谷》中，第一章的题目便是"莫学胡雪岩"。胡雪岩可谓是一位难得的商业奇才。但他在爆发式做大后，为眼前一桩能获厚利的生丝生意，而不惜伤及商号的立身之本，结果落得一个速盛速衰，还未及计议承传大事，就破产了。正如本书列举的聊城"山陕会馆"中一碑记的铭文所言："从来可大而不可久者，非良法也。"晋商的成功，即在它既能做大，更能做久，一代创业，代代承传，百年不衰。也就是说，晋商在它的发展历程中，创建了一套"可大而又可久"

的"良法"，靠制度创新，而不是靠个人智慧，解决了可持续发展的大课题。比如说，它的"伙东制"的创建，即今所谓企业所有权与经营权的分离，很有效地解决了家族企业的承传难题，靠选择贤能的经理层，弥补子孙不肖。这一制度，即使在现代的企业管理中，也不落后。再比如，它的股份制的创建，特别是其中"身股制"的独创，在经理层中建立了很好的激励机制，留住了最优秀的人才。这些都是近年被屡屡论及的。而本书所论及的会馆制度，亦当是晋商之所以能做大做久的一大"良法"。可惜过去论述不多，今曹先生弥补此缺失，甚为可贵。

历史上的会馆，不独晋省设置，也不独晋商倚重。而祭拜关帝武圣之风气，在明清之际，已然炽烈有加。尤其到清代，已列入官祭，隆重程度，仅次于祭孔。晋商的智慧，正是借助了这一现成的社会良俗，创作性地转化为自己的商业良法。

首先，晋商借助在遍布全国的山西会馆中，祭拜关帝，不着痕迹地将商业诚信信仰化了。商业诚信，并不是晋商所独有，也并不是因山西人善良、厚道，才经商诚信。不良的山西商人也有的是，只是行之不远，早已倒在历史的尘埃中，不为后人所知罢了。我看到的史料中，即有卷款潜逃的山西小票号，被官府查办的记载。我以为诚信不过是商业成熟的一种标志，因为诚信是商家最能获利、最能获厚利的资本。这是那些做大做久的商家，才能取到的商道真经。晋商也好，当今的那些国际大品牌也好，莫不视诚信如生命。晋商在自己的会馆，借助供奉关帝，将诚信上升为忠义，其实也就是在守护自己的立身之本。关老爷是晋人的乡贤，本就多了天生的亲近感，又逢当时社会将武圣高度神化，晋商顺势将商道真经融入忠义信仰，实在是巧妙地利用了中国传统文化的现成资源，构建了自己的免疫系统。诚信本应该是商家的自律，晋商就这样通过会馆制度，将其变成了一种"神律"，虽有迷信色彩，但在当时的历史文化的语境中，为保晋商的长盛不衰，起到的作用实在是别的良法所不能比拟。马克斯·韦伯将清教传统与西方资本主义精神相联系，而犹太商人也与它的宗教信仰不可分。晋商的忠义信仰，其内核也还是儒教精神，是它深层的文化密码。

其次，晋商的会馆制度，也是能使其成为强势商帮的重要依托。与晋商同时，在中国存在着不少大的商帮，如徽商，浙商等等。晋商之所以能强于其他商帮，与它有较为完善的会馆制度密不可分。据我所知，晋商在内部，在同业间，也存在充分的竞争，因此而保有活力。但有帮规、行规，使相互间的竞争不至沦为恶性相残。如票号的利率，多是经公议后，定一个合理的尺度，共同遵守。而遇外部危机时，又能同舟互济，合力对外。做这种落实帮规行规，聚议协调的常设机构，便是各地的会馆。这就使同业真正成为有凝聚力的"帮"，即现代意义上的商业集团。可见会馆的职能，相当于今日的行业协会，本书在这方面有精到的论述。如洛阳山西会馆一碑文所言："一人智慧无多，纵能争利无几何，不务其大者而为之。若能时时相聚议，各抒所见，必能得巧机关，以获厚利。"一个商帮的力量，远胜于一家商号，即使是同业中的巨擘。而一个商帮的业绩和声誉，也更容易产生强势的辐射力。这也是晋商以仁义治商的表现。

再者，晋商的会馆制度，也是将其的慈善义举制度化了，这对维持商帮的良好社会信誉，亦是良法。会馆还是当时同乡、同帮、同业的商业驿站，自济组织，等等。在当时那种交通、通讯不发达的条件下，晋商将生意做遍天下，没有这种会馆制度的支持，那也是不可想象的。

以上几层意思，只是我读过本书后的粗浅感受，书中所表达的不止于此。

特别想提及的，还有本书的文体。本书不似一般的学术论著，而是以义理为纲，以生动的史实、故事、商战实例为目，行文简洁生动，读来趣味盎然，尤其于当今的为商者，办企业者，有很强的针对性。且配有荣浪先生踏遍全国，所拍摄的晋商会馆的历史遗存，与论述文字互为印证，图文并茂，更使本书的文体，别具一格。

　　曹培红先生及荣浪先生为本书所付出的一切，我以为是值得的。

成一

2009 年 8 月 23 日

成序：晋商何以能做大做久　/1

缘起：晋商的"精、气、神"
　　——美国华尔街向中国平遥取经　/1

第一部分　忠义的价值观

第一章　关公：商人的精神偶像

01 杀虎口祭起"财神股"　/4

02 "福禄寿"三星上秤杆　/12

03 "从来可大而不可久者，非良法也"　/18

04 义举，居于首位的"山陕会馆"　/23

05 罚戏，仁爱的惩戒　/27

06 会馆不唱"走麦城"　/32

第二章　忠义的资本

01 会底银、会馆银、"领东掌柜"　/38

02 "酒仙社"捐银建会馆　/43

03 安徽亳州山陕会馆：互助的资本　/47

04 多伦山西会馆："掉进钱眼"的资本　/52

05 开封山陕甘会馆：融合的资本 /58

06 海城出了个"小金人" /64

07 "万里茶路"新资本故事 /70

第三章　忠义的商业精神

01 "六必居"古圕存会馆 /76

02 聚中有散，晋商的财富观 /80

03 "三利"：义利、群利、和利 /85

04 老晋商：与顾客亲如一家 /88

05 晋商大院"富N代" /91

06 《茶道青红》：东家的味道 /94

第四章　信义的运营模式

01 "人人都可做东家" /100

02 十八岁海外设庄，开创新纪元 /105

03 "得人独胜者" /111

04 识大义"接济炉房" /117

05 联号：蔚字五联票号 /122

06 投机晋钞，自取失败 /128

第二部分　忠义信的商人

第五章　"受人之托，忠人之事"

01 "代人受过"掘得第一桶金 /136

02 "买油篓，义分油" /142

目录

03 大掌柜让贤 /147

04 二十六年鞠躬尽瘁 /152

05 "十全之士"十年熬 /158

06 感恩保荐人 /164

第六章 "以商入世、忠义传家"

01 少东家"膝下有黄金" /172

02 闯关东"饮水思源" /178

03 买烟"不差钱" /185

04 "发财也要有够" /193

05 "惜"米面内外不同 /199

06 "果天数乎，抑人事乎" /203

第三部分 附录

附录一
全国各地部分晋商会馆 /211
附录二
晋商商业谚语录 /219

后记

游学晋商：体验"忠义的资本" /223

附：游学晋商图示

晋商的"精、气、神"

——美国华尔街向中国平遥取经

　　1914 年农历九月，在金融界活跃九十余年的日升昌票号倒闭了。日升昌的创立，是明清晋商 500 年商业繁荣进入巅峰状态的一个标志，日升昌的倒闭，成为晋商 500 年商业辉煌逐渐没落的拐点。

　　作为一个离开山西到北京读书、工作然后生活的山西人，一度，我以为我已经远离那个生我养我的故乡，当晋商文化的热潮席卷全国扑面而来的时候，血脉里的山西水土迅速地将我还原到一个山西人。2006 年 4 月与祖籍山西生长台湾的世界级企业家富士康集团董事长郭台铭先生见

2006 年 4 月，郭台铭先生（右）与本书作者在中国大饭店合影留念。

面，成为我研究晋商、推动晋商复兴的一个重要里程碑。

郭台铭致第一次全国晋商大会的贺信中说：

> 山西自古人文荟萃，英杰辈出，先民以勤劳和智慧开启了灿烂的中华文明之源。上个世纪之前数百年间，山西商人胸怀万里，心思如丝，以其汇通天下之果敢、诚信与创新，辟商道于三朝，开财路于百世，布商誉于万邦，奠就中华商业文明的近世典范，为后人留下了丰富的晋商文化和深刻的晋商精神。

> 晋省乃桑梓之地，父母之邦，表里河山，物华天宝，经济发展潜力可观。惟近世以来，时移势易，先与东部开发之大局失之交臂，后因未深度切入知识经济而再陷经发困境。但父老勤劳未变，乡亲诚信依然，营商智慧依在，山西之未来依然是机会无穷，前景灿烂。

这一段话给我以很深的刺激，我当时向他提议建立一个晋商俱乐部，积极有效地转换山西本土积累巨量现金，由具有全球思维的企业家带头，用好这笔钱，让这笔钱为山西本土经济作贡献，为国家经济的总体发展作贡献。郭先生对此表示赞同，并鼓励我进一步思考这个问题。

由晋商俱乐部的设想，我追索到历史上的晋商会馆，关于晋商的历史记忆由此激活。当年的晋商是如何取得卓越商业成就的？我们今天能够借鉴什么？我的理解经历了三个阶段：最初的我，只想努力地赚钱，对晋商的理解，就是单纯的赚钱技巧和方法。随后，我认识到，晋商赚钱的诀窍是善于把握人性的优缺点，投其所好，从中渔利；但随着我在晋商会馆的建筑和历史中深入行走，我终于发现，晋商的商业精髓，是一种忠义的资本，就是将传统的道德文化，纳入经商理念，在供奉关帝时，把"忠义仁勇"的诚信道德上升为经商立业之本。

作为一个晋商的民间研究者，我的研究不是为研究而研究。面对当下诚信流失的商业现实，深感晋商忠义信仰的巨大魅力。温家宝总理

2008 年 9 月 23 日在纽约回答有关中国食品安全的提问，2009 年 2 月 1 日出席伦敦英中贸协欢迎晚宴的即席讲话，第二天在剑桥大学有五百年历史的"瑞德讲坛"发表演讲，都反复强调，企业要承担社会责任，"经济学家、金融家身上应该流淌着道德的血液"，只有把看得见的企业技术、产品和管理，以及背后引导他们并受他们影响的理念、道德和责任，两者加在一起才能构成经济和企业的 DNA。"有效应对这场危机，还必须高度重视道德的作用。道德是世界上最伟大的，道德的光芒甚至比阳光还要灿烂。真正的经济学理论，决不会同最高的伦理道德准则产生冲突。经济学说应该代表公正和诚信，平等地促进所有人，包括最弱势人群的福祉。"用一颗道德的心，以一种发展的眼光，经世谋利，这正是晋商"忠义"信仰对今天、对世界最大的价值。

进入 2009 年，曾经最牛叉的美国人也坐不住了，他们在无奈的衰退中也把"求助"的目光投向了晋商。

美国《纽约时报》2009 年 3 月 18 日，以平遥专刊的形式发表题为《19 世纪中国金融中心，凋落的白银时代留存"精、气、神"》(Ghosts of a Faded Gilded Age Haunt a 19th-Century Chinese Banking Hub) 的文章，以下是部分节译：

（中国，平遥）那是一个新的财富时代，一个白银年代，所有的家族似乎在一夜之间即暴富。

为了运送货币，中国北部这个城市里的商人们开办票号，中国历史上最早的银行。很快，分支机构遍布全国，并且开始放贷。钱，通过这个系统从这流到那。

学者介绍，和今天银行的贪得无厌相比，银行的初级阶段就是完全的商业道德时期。那时候，既没有不良抵押借款，也没有暗箱操作。商人之间的信任如此坚定，使得银行间可以建立一个汇款、信贷和汇

PINGYAO JOURNAL

Ghosts of a Faded Gilded Age Haunt a 19th-Century Chinese Banking Hub

Shiho Fukada for The New York Times

The financial crisis has reinforced the sense of nostalgia surrounding Pingyao, one of China's best-preserved medieval towns.

By EDWARD WONG
Published: March 17, 2009

PINGYAO, China — It was a time of new wealth, a gilded age in which entire families came into fortunes overnight.

Pingyao thrived on the booming trade in Shanxi Province.

To move the money, businessmen here in this city in northern China opened banks, the first in the nation's history. Soon branches sprang up across the country, and they began making loans. Money flowed this way and that.

Then, as quickly as it started, the entire system crumbled. The banks shut down and the city fell into ruin.

美国《纽约时报》
原文网络截图

兑系统，这是中国最早的融资模式。或许，当时银行业的做法可以为今天所借鉴。曾参与平遥的修复工作的上海同济大学建筑系退休教授阮仪三说，"这些票号见证了中国金融发展史，比如中国如何从封建经济转向资本主义。票号的伙计们训练有素，他们对账目客观公正、高度负责。现在，人们不再看重道德品质。"

衰败曾一度让平遥被世人遗忘。由于古城还在，老百姓继续住在古庭院里，有些曾经是繁荣的票号。（可以想想雷曼兄弟公司的头脑们住进公社是什么样子。）

这些票号如此神秘，以至于中国国家领导人都从北京赶来参观。日升昌悬挂的相框里，有中国现任国家主席胡锦涛、前任国家主席江泽民、前总理朱镕基。

平遥人说，今天的领导们可以从古代做生意的古老做法中学到一些经验。

日升昌博物馆经理助理李月荣说："直到清末，平遥票号始终拥有信心、值得信赖和可靠的规矩。这些对管理和金融发展来讲益处良多。"现在，该博物馆每天大概接待 2000 名游客。李女士介绍说，日升昌第一任掌柜雷履泰开始从事票号业时已53岁。如今的商界人士丧失了对时光感悟的智慧，李女士说，"他们不再脚踏实地，总是想着暴富。他们总是行色匆匆。"

那就是一个神话，那个时代，商业往来似乎与欺诈和诡计绝缘。

过去荣耀的记忆在其他的建筑上渐渐褪色。一个下午的庙里，成群的当地居民虔诚地焚香，恭敬地向财神祈祷。平遥的百姓们都知道有一个古老的谚语，"富不过三代。"

还在1949年新中国成立之前，晋商的票号系统就已崩溃。但其原因并非票商的贪婪和无力，晚清的列强入侵、资金充足的外国银行竞争，尤其是近百年持续不断的战火、混乱和动荡，足以扫荡任何商业文明。

的确，晋商的历史荣耀已然褪色，正如平遥古城城墙和大院建筑上的一抹余晖。但晋商的商帮文化，晋商的"精、气、神"，多年来一直受到海内外的关注和研究，人们总是试图从中寻找到创造财富的密码。伴随起源于美国银行业危机的全球经济衰退，中国经济爆炸式增长开始放缓，晋商这个"与欺诈和诡计绝缘"的商业神话，和晋商会馆里的关帝庙，在残垣颓壁里闪现夺目的光彩。

温家宝总理在英国剑桥大学发表的《用发展的眼光看中国》讲演中，一针见血指出："道德缺失是导致这次金融危机的一个深层次原因。一些人见利忘义，损害公众利益，丧失了道德底线。我们应该倡导：企业要承担社会责任，企业家身上要流淌着道德的血液。"晋商的"忠义"信仰，是中华道德文明一份"忠义的资本"，现在，是到了将其投入经营活动的时候了——

时间开始了，

他们复活了，

掌声和呼声静下来了。

第一部分
忠义的价值观

"我尊敬你们的这一位大神，他应该得到所有人的尊敬。他的仁、义、智、勇直到现在仍有意义，仁就是爱心，义就是信誉，智就是文化，勇就是不怕困难。上帝的子民如果都像你们的关公一样，我们的世界就会变得更加美好。"

——美国圣地亚哥加州大学人类学系教授、芝加哥大学人类学博士 David Jordan

山东聊城山陕会馆关圣帝君圣像

晋商会馆中皆供"义薄云天，精忠贯日"的"武圣"关公，以其为山西人，义行天下，最受乡人崇敬，成为晋商之精神偶像。

从1656年到1888年的200多年间，山西商人在全国各地建设了一座又一座的会馆，这些会馆，无一例外的，中心建筑都是关公殿。

第一章
关公：商人的精神偶像

从来可大而不可久者，非良法也；

从来能暂而不能常者，非美意也。

——1807年聊城《山陕会馆接拔厘头碑记》

01 杀虎口祭起"财神股"

【忠】

忠义的资本从何而来？

一个普通的晋商，开天辟地设立财神股，在无意之间为此前没有地位的中国商人找到了一个信仰依托，当财神成为股东，忠义之神的神位就虚席以待了。

大约 1690 年前后，康熙派兵出征葛尔丹，在当时右玉的杀虎口地区，走西口的山西人已经聚集了一批又一批。

这一年，三个奔走在杀虎口的货郎——从山西太谷来的王相卿、从山西祁县来的张杰和史大学，因为常常交叉相遇，脾气相投，走在了一起：常年行走卖货的三个人，为了能够在杀虎口获得稳定的生意，决定联手开一家杂货铺。

为了准备铺子的开张，他们三人省吃俭用。开业头天晚上，三个人坐在一起，看着满铺子的货物，三个人开心地笑了。

时近深夜，史大学说，"啊呀，饿了啊。"

张杰一听，起身就找吃的，一看，"嗨，甚吃的也没了。就剩点小米。"

"小米就小米，垫吧垫吧。"王相卿说。

于是，三个人一边喝着小米粥，一边给铺子起了个名字——吉盛堂，取吉祥昌盛的意思。

铺子是开了，但是，本钱都投进去了，而且本钱本来就少、位置也不好，吉盛堂的生意很一般。于是，三个人一边经营铺子，一边轮流着继续挑着货担出去卖货，就这样，日子在艰难中一天天度过。

眼看着铺子生意没什么特别起色，张杰和史大学决定先回老家看看，走之前，两人按照先前的投资，分别变卖了一些货物，带着钱回去了。

王相卿想留下他们，可是，看看每天的生意，他也理

杀虎口的晋商古道
　　当年，所有走西口的山西商人，在穿越杀虎口之前必走的一条道路。当然，王相卿、张杰和史大学的脚步也曾在这条古道上往返过不知多少次。

解地点点头，自己一个人挑起了吉盛堂的担子。

张杰和史大学回老家了，吉盛堂可还开着，看着稀少的货物，拨拉着手上剩下的一点本钱，孤单一人的王相卿，陷入了沉思：当初三个人，本来是因为生意难做，决定联手的话，互相之间可以有个照应，没想到，没多长时间，另外两人就撤走了。货倒是多了一点，可周转的本钱是实在的变少了。

没办法，王相卿只好时而外出卖货，时而守家经营。外出的时候他就请旁边的人帮忙照顾一下，回来了再自己打理，就这样，在这个跑进跑出的过程中，王相卿认识了一个兵营的小头目，这个小头目介绍了一些兵营的生意给他，还给他讲了好多口外发财的方法和故事。就这样，王相卿坚持了一年多，生意稍微有点好转。

生意一好转，一个人就有点张罗不过来了，王相卿觉着，生意要想做大，还真不能是一个人，可就自己手头这点货物和本钱，还是在没到了能请得起伙计的份。

一方面，是扩大生意的想法；一方面，则是缺人、少本钱的困境。怎么办？看看周围的人，人家从老家出来的时候本来就搭着伴的；想来想去，还是觉得张杰和史大学投缘。

于是，他就托人给张杰和史大学带了口信，说自己现在生意好了，需要更多的人手，还是希望他们能够过来和自己一起干。

半年以后，张杰和史大学再次来到杀虎口。

当天晚上，王相卿买了酒、买了肉，做了一大锅卤面为张杰和史大学二人接风。

张杰说："王哥，看来你这是真发了啊。"

史大学说，"人家王哥发了财还不忘记咱们弟兄，要不是王哥，咱们还不知道还来不来这里呢。"

王相卿举起酒杯："两位兄弟，咱们是走西口路上的交情，虽然没有共患难，但也可以说是同甘苦了。吉盛堂的成立，是咱们弟兄三个的心血，现在，吉盛堂稍微有点起色了，我还是希望咱们三个一起干。所以，这就把两位请回来了。来哇，为了咱们吉盛堂的明天，先干几杯。"

这顿饭，三人一直吃到半夜，酒喝好了，肉吃光了，面条也吃了个锅底朝天，三个走西口的山西汉子，在杀虎口的夜色中，把为明天辛苦奔波的手紧紧地握在了一起。

有人来了，王相卿心里早有的计划就可以实施了。

半个月后，留下张杰看店，王相卿和史大学跟着走西口的人们出了口外，半年后，他们换回了草原上的第一批皮子。很快，换回来的皮子就在杀虎口脱手了。于是，又换史大学留下看店，王相卿带着张杰又去了草原。

几经周折，两年后，吉盛堂在杀虎口开始小有名气，也算成为走西口路上的一张招牌了。

这一年的春节，在三个人的忙碌中，又到了。

吉盛堂的门面，已经扩大了，吉盛堂的门前，垒了一人高的一个旺火。

过了午夜，就是大年初一了，王相卿、张杰和史大学三个人，各自穿上了几年没有换过的新衣服，慰劳自己一下这几年的辛苦。

点上旺火，拜过神仙，三个人回到屋子里，准备吃新一年的年夜饭。

饭是王相卿端上来的，张杰和史大学还互相打量着新衣服呢，回头一看，几乎异口同声地说："大哥，怎么是米汤啊。"

"兄弟，还记得咱们在吉盛堂开业前一夜喝的米汤吗？我记得很香。这几年咱们吉盛堂小有发展，可我觉得最香的还是那一夜的米汤。我想来想去，为了咱们吉盛堂的进一步发展，我们应该永远记得那一夜的米汤。所以，我今天就又煮了米汤。"

"大哥说得对。"史大学说，"咱们是应该记得难的时候。"

"对。"张杰说，"居安思危，时刻如履薄冰，古话说的好，咱们更

应该做好。"

王相卿端起米汤，"两位弟兄，有你们这样的话，我心里高兴啊。不过，我还要说一件事。现在是大年初一了，可是，咱们最近的一批货还没回来，我心里多少有点担心，所以，喝米汤也是想让我自己清醒清醒。"

三个人米汤正要下肚，突然，外面响起了敲门声。

史大学起身开门，一个衣衫褴褛的老人进来了，一个声音从褴褛的衣衫处传了过来："几位掌柜的，过年了，恭喜发财。"

王相卿一看，明白了，这是讨饭的来了。

他端了自己的米汤过去："客人，我们也正喝米汤了，不嫌弃的话，就喝点米汤吧。"

衣衫褴褛的老人，紧走几步，一口气就把一碗米汤喝了；张杰见状，把自己的米汤端过来，老人又是一口气喝了；史大学也赶紧端过自己的那碗，老人还是一口气就喝光了。

三碗米汤下肚，老人一鞠躬，走了。

老人进来的快，走的也快，三个人还没缓过神来，人都不见了。

老人一走，三个人感慨一番，不知道是感慨老人，还是感慨自己。王相卿心里，突然在想，这是个什么征兆呢？

三个人喝了点米汤，就分别睡了。

一大早，王相卿先起来了，正打算收拾收拾屋子，突然发现，地下多了个口袋，打开一看，是一些新鲜的干粮。王相卿一想，坏了，应该是昨天老人留下的。怎么办？也没别的办法，放在这里，等着老人回来拿吧。

这一等，半个月过去了，老人还没回来拿。

第二天是正月十五，王相卿看这老人的袋子，突然，灵机一动，自己最近的心结瞬间打开了。

这两年来，吉盛堂确实赢利不错，也积累了些银子，本来，按照以前的计划，这些钱是应该分了的，但是，现在，王相卿有了个更大的想法，他想把吉盛堂开到口外去了，但是，去口外，是需要本钱的。这样，他一直在想着怎么跟张杰和史大学说这个想法。大年初一的时候，喝米汤，本来就是想借着米汤说事情的，结果，老人出现了，没说成。

现在，他突然想，老人的袋子张杰和史大学不是一直没看过吗？我如果说里边是银子，老人是神仙变的专门来考验和点化我们的，那不就成了吗？

于是，正月十五一大早，王相卿把张杰和史大学叫起来，把老人的袋子拿出来，打开一看，霉坏的干粮变成一些散碎的银子，足足有好几百两。

王相卿说，"两位兄弟，老人一直没回来，我看，是咱们的时运到了。那个老人可能是来考验咱们的神仙，神仙看咱们善良，所以给咱们留下了这银子。我有个想法，咱们吉盛堂，现在应该有个正规的说法了。今天，借助神仙留下的银子，我想，咱们就给神仙在吉盛堂里掺上一股，就叫财神股，这一股呢，永不分红，人家老人哪天找回来了，咱们哪天还给人家。其余，咱们兄弟三人，每人一股，谁也不多不少，你们看怎样？"

张杰说："老人的股份我们同意，但是，大哥你应该多得些。"史大学也忙附和。

王相卿说："你们没意见，那就这么定了。咱吉盛堂，今年时来运转，财神降临，吉盛堂从此四股，一股财神股永不分红，其余咱们三人三股。我还有个想法，这几年咱们的利润，多来自口外，我一直想到口外去发展，本来想缓一缓，尤其看最近这一大单货的利润如何；现在，有财神支持，我决定，咱们今年就把生意迁往口外。"

当天，王相卿三人到杀虎口的关帝庙，祭祀财神，焚香结义，约定股份比例。

于是，这一年，吉盛堂正式实行股份制，王相卿设立财神股，直接

推进了商号的发展，商号的生意，因为三人利益的明确，得以大踏步地前进。

日后，吉盛堂更名为大盛魁，成为知名的跨国公司，一直辉煌了200多年。其中的魅力，股份制是原因之一，财神股更是功不可没。

◆ 解析 ◆

每一个生意的开始，都是艰难；但所有成功的生意，都有一个重大的转折。对于吉盛堂来说，设立财神股，实行股份制，是其成功的关键转折点。

在吉盛堂的发展中，王相卿最有发言权，首先，他深刻地感受到一个人是干不成事业的，他需要合作伙伴；其次，如何能够保证合作伙伴能长久合作，则是他要面临的难题。

吉盛堂成立不久，张杰和史大学看形势不好，就回家了。这让王相卿不得不思考合作伙伴的长久之道。生意困难合作会分离，生意红火合作同样会分离，因此，当吉盛堂稍有斩获，王相卿第一考虑的就是合作伙伴的长久。

合股，这是王相卿当时想到的一个办法，但是，仅仅合股，恐怕还是有问题的，因为，谁的股份也是随时可以撤的啊。

如何保证有永续发展的资金？这是企业一个更要命的问题。如有神助的王相卿，居然想到立起一个"财神股"来的解决方案。这太石破天惊了！事实上，一个永不分红的财神股，其实就形成了吉盛堂一个可持续发展资本。

王相卿通过"财神股"的设立，一方面找到了商号持续发展的准备金来源，一方面又通过信仰固化了股东对商号的忠诚，乃至对商务行为本身的监督和约束。这是我们祖先朴素的生活智慧在商业管理制度上的摸索遗痕，它已经是现代企业制度的雏形。更重要的是，为了忠于事、忠于人、忠于企业、忠于事业，一个缺少文化、没有地位的小商人，却在传统道德的至高点上、在日常生活的信仰中找到了最有利、最直接的推动力量。

大盛魁后来的成功，不仅仅是靠每年大年初一喝米汤的成功，其核心的依靠，是"财神股"为特色的信仰支撑。

◆ 思考题 ◆

1. 王相卿为什么非得找张杰、史大学合作?

2. "财神股"里的"财神"指的是谁?

3. 公司法要求的企业法定公积金，是否就是王相卿的"财神股"?

02 "福禄寿"三星上秤杆

【敬】

商业活动的核心就是人，缺斤少两、弄虚作假、信用流失等商业问题，说到底都是人的问题，道德的危机还必须从道德或心理上去解决，信仰的作用往往更胜于一些所谓的奖惩制度。

明朝时期，在山西永济县，曾经出了个大商人王现。

王现本来想读书做官，但是，由于父亲是个小官吏，挣的工资还不够养家，因此，王现的书没读到头，官也没做成，于是，就是做了生意。自从开始做生意，王现就行走四方，很少在家。

有一年，四十多岁的王现回家乡探亲，发生了一件特别的事情。

这一天，王现在集市里溜达，他想感受一下家乡赶集的气氛，顺便也了解一下家乡市场的行情，看有没有什么生意的机会。

突然，远处传来一阵争吵的声音，他一边听一边走上前去，原来，是买家和卖家因为黄瓜的斤两的问题吵起来了。

卖家说："肯定够分量了，咱天天在这做买卖，还能哄人了？"

买家说："前天的分量就不够，当时没发现，回家后发觉了也就算了。今天一看，明显还不如那天多了，你这做买卖的黑心肠啊。"

卖家一听不让了，"嘿，你怎么骂人啊？"

"骂人？骂你是轻的。都说你们王家做买卖公道，你这是给王家人抹黑了。"

"骂我就骂我，怎么还扯上家族了。"

"王家？"本地姓王的做生意的只有王现他们一个家族。听到这里，王现走上前去，问道："怎么回事情？你是王家哪家的？"

正吵闹的买卖双方，一看有人插进来，都不说话了。

卖家见一个陌生人问自己，嘟囔了一句："哪家的？你是谁？管得着我是哪家的吗？"

"说！你到底是王家哪家的？"王现厉声喝道。

卖家一看来人突然提高了声音，那气势把他吓住了，忙答道："我是王瑶的二孙子。"

"哦，那好，我是王现。这位客人，他缺你多少斤两，现在就给你补齐，另外，再罚他三斤，当作对你的补偿。至于你，跟我回家见你爷爷去吧。"

买家一看还要赔偿，连说算了吧："乡里乡亲的，以后注意点就是了。"

王现对答："做生意，童叟无欺，而况乡亲。该罚他的。"

王现在前面走，卖家低着头跟在后面。

原来，王现有个弟弟王瑶，也是个大商人。相传，王瑶还喜欢读书，是个当地有名的儒商。

到了王瑶的院里，王瑶听说哥哥过来了，早迎了出来。

"大哥，这是怎么了？你刚回家，也不在家里多休息休息？"

"瑶弟，我本来也就是集市上转转，没想到，转到咱们家一个现行，在那卖东西给人家缺斤少两呢。"

"什么？谁？"

"谁？你看，后头跟着呢。"

卖家闪出头来，王瑶一看："这不是小顺顺嘛，你怎么也会干出这

个勾当来？"

"爷，不就是少点斤两嘛，市上这么做的可不止我一个啊。就是咱们家也还不只我一个呢？"

"甚？"王瑶一听，怒了，"说，还有谁？他们这会在哪了？你这就把他们全叫到爷这来。"

王现一看，王瑶怒了，这才知道原来王瑶也不知道有这些事情发生。

"瑶弟，不用这会就找来吧。"

"这会就找来！再不找来，不知道一会又要少人家多少斤两呢。快点去。把咱们家所有做生意的都叫过来。"

没半个时辰，王瑶的院子里已经站满了人，原来，王家几乎人人做生意，所以，这一叫做生意的，人还真多。再加上刚才王现在集市上带顺顺回家，还赔了客人，所以，王家人回来的同时，王家的院子外边也聚集了些邻居。

看看人都到齐了，王瑶让家人按长幼次序站好，开始训话：

"前半晌，我的哥哥王现，咱们家族最大的长辈，在集市上发现了顺顺卖东西缺斤少两，还跟人家客人吵起来了。当时，顺顺就被我哥带到我这里。谁想到，顺顺不仅不当回事情，认为少点缺点无所谓，还说咱们家其他人也有这种现象。因此，今天，咱们郑重地开个家庭会议。"

"咱们王家，是从我哥哥和我这一辈开始做生意的。当时，是咱们家庭困难，但是，再困难我们也从来没有少过人家客人一点点，一直都是，哪怕咱们自己吃点亏，也不能让客人吃丝毫亏。我哥哥王现，走南闯北，半个国都走遍了，也没人敢在这方面说他半个不字。因此，对顾客诚实守信是咱们王家的规矩，没有以前的诚实和守信，就没有咱们王家的今天。"

"刚才我和大哥商量了，从前谁欠过人家哪家客人的，从这出去后，赶紧去给人家赔礼并补偿，否则，家法处置。就这样，先散了吧。"

　　王瑶的雷厉风行，让王现看到了弟弟身上的严厉和果敢，当天中午，哥俩一起喝了点酒，王现又讲述了自己在张掖、巴蜀的一些见闻。

　　不过，说到这缺斤短两，王现感叹道，这种事情在生意人中确实也不少见，没办法，这人性啊，也实在是难去贪心啊。

　　贪心不足蛇吞象。生意场上，利字头上一把刀。

　　今天，发生在自己家族中的这一场缺斤少两事件，再次触动了王现多年来一直思考的这个问题：如何才能够让这种事情不再继续发生呢？这一次的事情，看来，对王家的影响还是挺大的，虽然王瑶让家人赔偿了客人的损失，但是，客人心里的阴影可不是一下可以抹去的。

　　晚上，回到家中，王现还在不停地琢磨怎么办。

　　临睡觉前，王现习惯地在家中的关帝爷神像面前拜了三拜，转过头，猛然看见家中的福禄寿屏风，一点灵犀闪过，这人活着不就是图了个福禄寿啊，如果在秤杆上用福禄寿做点文章呢。他琢磨着琢磨着就睡着了。

山西运城关帝庙中时人敬献的牌匾

第二天早上起来，王现吃过早饭就直接去找弟弟王瑶，他要跟王瑶好好商量商量怎么才能杜绝缺斤少两事件的再发生。

王现把自己昨天晚上联想到的福禄寿和秤杆的想法告诉了王瑶："瑶弟，你看看，怎么才能把这事情联系在一起？"

"哈哈，大哥，你这个办法好啊。咱们可以把福禄寿刻成三颗星，钉在秤杆后面，谁缺斤少两，那不就是缺福缺禄缺寿了嘛。要是换成这种秤杆，看看还给人家客人缺斤少两。"

5 天后，在村里的关帝庙。

王现和王瑶邀请附近的名门望族和官府代表，带领了族中子弟举行了盛大的祭祀仪式。

在祭祀仪式上，王现王瑶兄弟向族中子弟展示了他们研制的新的秤杆。

王现当场昭告族人：

"今天，在关帝爷的神像面前，我们重新核准秤杆刻度，我们在秤杆的最后面钉了三颗铜星，它们分别代表福、禄、寿的意思。从今以后，王家族人，做生意的都必须用这种新的秤杆。以后，谁再缺斤少两，就是缺德、破财，从而折寿。"

王家族人开始使用福禄寿三星秤杆之后，受到了当地人的欢迎；很快，当地开始流行这种新的秤杆，后来，山西很多地方也都使用了这种秤杆。

◆ 解析 ◆

人皆有利己之心，这是由人的本性所决定的。

就如同我们常常说，开车的时候，司机的位置是最安全的位置，一旦发生事故，司机的本能就是保护自己，因此，司机的位置是最安全的位置。

做生意的时候，多卖一分则自己多得一分，因此，要让卖家诚实守信地提供给买家货物，确实是对卖家道德的一个考验，因为，一斤一两背后，就是卖家的利润。

王现、王瑶兄弟，因为年纪和修养的缘故，自己本身能够做到对顾客的诚实和守信，但是，当年轻一代，在没有经历更多事情没有提升自我修养到一定程度的时候，缺斤短两偶尔为之，以人性的弱点暴露出来。

怎么办？

王现、王瑶兄弟俩想出的办法是以福禄寿三星制作的秤杆：他们从人性追求的终极目的出发，以心理上的作用、凭借秤杆这一生意必用工具来实现警戒和教化。

王家的做法既是危机公关，消除消费者对王家的不良印象，巩固消费者对王家的信任；同时，更巧妙地寓商业教育于家族教育中，实现了商业经营与家族教化的有机结合。

这实在是一着妙招。

在现实的微利（斤两）和终极的人生幸福（福禄寿）之间，人们往往还是会选择大的幸福。敬神的人，自然敬人和敬商。王现制作福禄寿秤杆的方案，既找准了关键，又具有可操作性，这不失为一种商业教育的大智慧啊。

◆ 思考题 ◆

1. 秤杆上制作"福禄寿"三星，现在还可以这么做吗？

2. 本文中王家这么做算危机公关吗？

03 "从来可大而不可久者，非良法也"

【义】

做大，一夜暴富就可以了；做久，才是更重要的命题。做生意，人人都想做大，并非人人都能做久！

怎样做大？又如何能做久？让富贵成为一种常态，我们在晋商会馆的一些格言警句里能找到启示。

清代聊城的主要商业区活跃着众多商号，到清咸丰八年，在聊城经商的陕西、山西商人的店铺多达 953 家，而当时整个聊城的商业店铺仅有 1500 余家。聊城百姓曾以"西商十居七八"来形容山西商人之多。

做生意，有成有败，在聊城经商的山西商人，基本都是山陕会馆的会员，作为会馆成员之一，商人们之间最讲究的就是一个信字。

然而，这一年，有一个刘姓商人却发愁得没办法了，因为，年前由于所运的货物在路途上掉进运河里，他跟李姓商人借的一千元现洋眼看就要到期，还不上了。

说起来，这有钱没钱是一码事，还不还钱是另一码事。商人之间最重要的，就是一个信字，这次还不上钱，以后还怎么在商圈里做事情。

办法想了很多，眼看按期还钱无望，刘姓商人提前三天到了李姓商人的店里，无比尴尬地说了自己的情况。

都是山西人，李姓商人自然是很了解刘姓商人的，在刘到自己店里之前，他就听说了刘的困境。

李老西在店里热情地接待了刘老西，并且告诉他这件事情就不要再多想了，谁还没个有难的时候，到那天自有办法。

原来，晋商之间借钱，多在会馆见证，或有中人或无中人，只看当时的实际情况。当初，借钱立字据的地方是聊城的山陕会馆的议事厅，恰恰这一次正好当时还有个中人见证，这还钱，自然，也得在山陕会馆里。

到了还钱那天，刘老西脚步沉重，刚进会馆，就有人把他拉到一旁，如此这般地耳语了一番，并带他到了会馆内的公房里，李老西正在那里等他。

等中人到了以后，只见刘老西拎出一包东西，打开一看，是一把斧头和一个箩筐，并郑重其事地交给了李老西，李老西则把借据拿出来，还给了刘老西。

中人见状，十分震惊。

李老西说，“大家都是同乡，出门在外，谁还没有个作

关帝大殿内晋商敬献的牌匾

会馆主建筑关帝大殿前，一副楹联高悬：“非必杀身成仁问我辈谁全节义，漫说通经致用笑书生空谈春秋”。

难的时候。赤手空拳打天下，我相信刘兄会很快东山再起。"

很快，这个故事就在聊城流传开来，并一直流传至今。人们都说，这是山西商人的大气和义气。

在山东聊城《山陕会馆接拔厘头碑记》中刻有这样的语句："从来可大而不可久者，非良法也；从来能暂而不能常者，非美意也……"

由这句话我们可以看出山陕商人之所以盖会馆的目的——

1. 从古到今，既然做了生意，既然能够把生意做大的，没有一个不想做得长久，但是，中国又有句古话"富不过三代"，如何才能够长久，这个长久之计不是简单地靠一些良好的制度就能够实现的；

2. 富贵如浮云，来去匆匆，到手的富贵，谁不想多留一会，然而，往往，富贵是短暂的；那么，如何让富贵能够成为一种常态，显然，这又不是仅仅有美好的愿望就可以实现的。

晋商如何实现"可久"和"能常"的境界，他们的办法是拜忠义之关公，行忠义之生意，这些"拜"与"行"，不是独自在家拜，不是单独在商号做，他们联合在一起，以共同的信仰和价值观，最终落实到会馆的平台上来。

聊城山陕会馆由在当地经商的山西、陕西的商人共同投资所建，整个会馆是一座庙宇和会馆相结合的建筑群体，其用途在会馆的碑文中说得明白："会馆以祭神明而联桑梓"。"桑梓"指山陕商客，"神明"即关公，所以山陕会馆又被称为关公庙。一起祭拜关公，是因为共同的信仰和共同的价值观，一起祭拜，还因为是来自同一片土地的同乡。

整个山陕会馆表现的都是晋商对关公信仰的人生观和价值观。

会馆便门两侧影壁上的石刻对联特别引人注目，右为"精忠贯日"，左为"大义参天"，这些表现的是晋商对国"精忠"对商"大义"的准则。

便门上方还各有石匾一方，右为"履中"，左为"蹈和"。"履中"，意为处事中正，公平；"蹈和"意为和气、和谐。

在会馆山门正楼顶下的木质浮雕垂花门罩的上方，悬挂着上书"协天大帝"四字的巨幅竖匾。这里不仅把关羽说成是德合天地者，而且也是协助上天统御万众的神。大门两侧的对联更充溢着对关羽的赞美，"本是豪杰作为，只此心无愧圣贤，洵足配东国夫子；何必仙佛功德，惟其气充塞天地，早已成西方圣人。"

会馆主建筑关帝大殿前，一副楹联高悬："非必杀身成仁问我辈谁全节义，漫说通经致用笑书生空谈春秋"。

乾隆八年 (1743 年)，山陕会馆开始兴建，在会馆复殿正堂的脊檩上至今仍保留着"乾隆八年岁次癸亥闰四月初八日卯时上梁大吉"的朱墨文字，南间脊檩上还用朱笔写着山陕工匠的名字——梓匠（即木匠）：赵美玉、常典；泥匠：孙起福；油匠：李正；画匠：霍易升；石匠：李玉兰。北间脊檩上写着会馆住持张清御和山陕经理 18 人的名字。

会馆最初的建筑规模并不大，历经 4 年建成的房舍也不多，只有正殿、戏台和一排楼群，南北两面都是空的。但浓烈的乡情让腰缠万贯的山陕商人们不惜钱财继续扩建，至清嘉庆十四年 (1809 年) 才有了现在的规模。屈指算来，时间延续了 66 年。

会馆承载了太多的乡情，1845 年它第五次重修，聊城知县李正仪为此写了碑文："斯役也，梓匠觅之汾阳，梁栋来自终南，积虑劳心，以有今日。今众聚集其间者，盹然蔼然，如处秦山晋水间矣。"我们今天在会馆里所能看到的山门、戏台、钟鼓二楼，每个细节都渗透着乡情乡思，有着让人解读不尽的醇厚韵味：画梁雕柱是终南山的木料，巧夺天工的精美构件是汾阳木工的匠心。

◆ **解析** ◆

他们信仰关帝，他们尊崇忠义；他们尊重财富，他们尊重个人；他们是建会馆的晋商群体。

他们请家乡的匠人来修建、装饰，他们运来家乡的材料建设会馆，他们有一种发自内心的真实情怀。

会馆承载的是身在异乡的游子对家乡的爱，更是对家乡的思念和自豪感，为什么他们要盖下豪华的会馆，那里供奉的是他们的信仰、是他们的价值观，更是他们为家乡增光的具体表现。

66年，几代人，一起一点一滴地捐钱来建设一个属于大家的会馆，而且，这个会馆还常常唱戏请当地乡亲娱乐。

为什么？因为他们心中的信与义——

多少岁月涤荡，多少车马劳顿，多少富贵云集，他们见的越多，也就思索得越多："可大而不可久者，非良法也；能暂而不能常者，非美意也……"为"可大"而奋斗只需要执着的努力，达到"可久"的目标就不是简单的努力所能及；"能暂"的时候请你忧患吧，"能常"才是你成功的真正标志。

他们视金钱如浮云，一时的得失，根本不在自己的眼里，有信有义，只有这样，才有长远的未来。

◆ **思考题** ◆

1. 做大做强似乎是现在商人流行的口号，但是，真正需要的，是做长做久，这个，你可想过？

2. 什么样的努力，能够让自己的事业永恒发展，只有美好的想法是不够的，那到底我们有什么可以依靠？

04 义举，居于首位的"山陕会馆"

【义】

以会馆的名义而不是以企业的个体名义投资公益事业，是一种纯粹的社会责任感的体现。

企业是社会的一分子，为社会服务，是企业的基本责任。集多个企业的点滴力量，可为社会尽更多的责任。

在湖北，襄樊是仅次于汉口的晋商茶路商埠，又是兵家必争的军事重镇。襄樊大码头位于汉江北岸，是清代樊城修得最豪华的码头。

樊城大堤原是土堤，道光四年（1824年）以后汉水横扫北岸的樊城，河堤逐年坍塌，居民十分痛苦。

道光八年（1828年）冬，知府郑敦允改修石堤，自大码头至邵家巷（现晏公庙）码头，共四百余丈，又修土堤一百九十多丈，从道光九年（1829年）春至十年（1830年）冬建成。

道光十一年（1831年）秋，汉水大涨，土堤溃塌，这时郑敦允已调任粮储道，他要求回任襄阳知府，并从汉商筹款万金，加意重修。以后逐年增修其土堤，却屡筑屡坏，到了同治八年（1869年）经商绅们提议重修土堤，自西敌台以下修石矶（现火星观矶头）一座，接修石堤四十二丈，又修米公祠起上至城隍庙口（现正对闽发大厦东侧楼）止

襄樊米公祠

七十丈。

今天，在当地"米（芾）公祠"，庭院内保存许多碑碣，其中清道光十年(1830年)和二十九年(1849年)的两通石碑分别记载了"堤坝年久失修，汉水泛滥成灾，为此集资进行局部重修和为巩固城防修筑樊城炮岸"之事。碑阴铭刻着数百个捐资的商号名称和个人姓名，两通碑上赫然居于首位的都是"山陕会馆"，其捐银远远超过武昌、江西、汉阳、福建、江苏、湖南各会馆和广东公号，总额竟是徽州会馆的三倍多！

现在的襄樊第二中学，就建在原"山陕会馆"的遗址上。襄樊山陕会馆南傍汉水，建筑十分精美。

晋商盖了会馆之后，由于常年累月的发展，会馆往往就有很多的资本积累下来，这些钱通常都用于公益事业。因此，就有襄樊山陕会馆捐银修筑堤坝的事情。

汉口商业区，火灾频仍，山陕会馆创办了水龙局（相当于如今的消防队）。《水龙局挂牌式》公告明示："本会馆置备水龙，以防不虞。今招募夫头散役，各执各业。鸣锣不到、临场偷安者，革出另招。"那时候没有自来水，这些夫役按分工配发服装水具，平居无事，各治其业，端午中秋两节发酒资 40 文，过年给酒资 140 文。如夜闻警报火者，给钱 100 文，灯烛钱 160 文。

对当地人有此义举，对山西人就更不用说了。

据《北方晨报》报道：

居住在辽宁海城山西会馆附近 96 岁的居民郭臣治回忆说，上世纪 20 年代他小时候经常到会馆内玩耍，当时会馆只有一位看庙的人，但时不时地会有很多山西的商人在此处开会，对于会议的内容他并没有听到。

"在这做买卖赔了的山西人或者在这边生存不下去的山西人都会到这个地方来领钱，当时会馆里面有头，大伙商量后会给这些山西老乡一定的钱让他们回家。"郭臣治讲，对于会馆的用途他的父亲和爷爷曾这样告诉他。

晋商会馆均购有义园（又称义地），以为同乡安置梓器。据北京《临襄会馆财神庵三公地重修建筑落成记》载："会馆义园置产地之建设，因之以起。意至美，法至善也。"此处即为乡人"停枢厝棺之所"。

河南社旗山陕会馆即在北门外置有义地十多亩，并建有房屋。客死此地的山陕二省"老家人"即在此暂厝，然后再转运回老家安葬。会馆常年辕门大开，市人可随意出入，冬避风，夏乘凉，夜晚则成为全镇乞丐的栖身之地。

今天，在内蒙古包头城附近，依然还有大片的山西人的义地，这些墓地就是当时在包头的晋商以会馆的名义出面购置的。

◆ 解析 ◆

明清晋商，当他们的资本在会馆相聚的时候，忠义先行，生意第二。

会馆是为晋商服务的，但是，会馆首先是一个社会团体、社会组织，因此，会馆就积极地承担了各种社会功能。这充分体现了晋商会馆忠于社会服务社会的属性。

2008年，中国遭遇到各种重大困难的时候，鲜见某某商会的集体捐助行为。尽管近年来，各地成立了不少商会，应该有相当的数量，但这些商会，仅仅停留在企望提供生意机会发财的阶段，尚未承担起相应的社会责任，甚至可以说，这些商会就是没有社会责任感的。

如果，今天的全国各地的商会，可以分别有其专门的救助对象，那么，再大的困难，当一群商人有组织地进行救助的时候，这些困难将显得小很多。

从山西会馆的集体慈善，我们应该看到，中国，目前尚缺少积极承担社会责任的商人组织，时下热闹的各级各类商会，应该向传统的山西会馆们看齐，勇敢地集体承担起自己的社会责任！

发自内心的义举，是真正的义举；有义举的资本，才是真正忠义的资本。

◆ **思考题** ◆

1. 做社会公益事业的根本出发点到底应该是什么？

2. 社会公益事业是企业的天然使命吗？为什么？

05 罚戏，仁爱的惩戒

【仁】

管理的主要手段之一就是惩罚。如何惩罚，则直接体现出管理者的素质和水平。

不让处罚行为双方产生对立情绪，以一种第三方受益的模式进行处罚，双方关系就会减少紧张，如此处理，对建设和谐组织与和谐社会也是一种积极有效的管理模式。

雍正二年（1724年），山西巡抚刘于义在给雍正皇帝的奏折中写道："山右积习，重利之念，甚于重名。子弟之俊秀者，多入贸易一途，其次宁为胥吏，至中材以下，方使之读书应试。"

雍正皇帝在对刘于义这一奏折的朱批中有一句："山右大约商贾居首，其次犹肯力家，再次者谋入营伍，最下者方令读书，朕所悉知，习俗殊可笑。"

山西商人到社旗，跟一位著名的晋商有关。有一年，一位山西商人来到了社旗这个中原小镇，他看到这里水陆交接的得天独厚的地理条件，可以将自己的生意扩展到全国，于是便在这里设立商号，构筑他的商业王国。这位商人就是清代著名的万里茶道的开拓者，山西常氏家族的常万达，他将社旗镇作为万里茶道的一个重要中转站。

社旗山陕会馆山门

　　位于镇中心的"山陕会馆"原名山陕同乡会馆，是座巍峨壮观，金碧辉煌的宫殿式古建筑群，系清代山西、陕西旅居社旗镇的富商大贾接客迎仕、联谊集会和焚香祭奠的场所，因养有监管僧道亦称山陕庙。正殿供奉关羽坐像，所以会馆的绝大部分对联、门楣、匾额都是颂扬关羽的功德，故又称关公祠，道光年间称鼎元社，民国十二年（1933年）改称山陕会馆。会馆始建于清乾隆二十一年（公元1756年），经嘉庆、道光、咸丰、同治至光绪十八年（1892年）落成，共经六帝137年。占地面积10885.29平方米，建筑面积6235.196平方米。

　　　　　　就在雍正觉得山西商人可笑的这一年，社旗镇市场上出现戥秤问题：有的商家为图暴利偷换戥秤，市面度量混乱不一。

　　　　　　当时的市场混乱到什么情形呢？

　　　　　　有的老百姓们到市场买东西都得自己带秤了。

其时，由于运茶中转，再加上其他生意，晋商在社旗的市场很大，市面一混乱，生意就受影响。怎么办？大家心里都着急。

五月十三这天，祭拜完关公后，包括常家社旗商号的掌柜在内的山西商人，聚集在社旗山陕会馆的议事厅：市面有问题，咱们山西商人得想点办法啊。

说来说去，秤的准星好统一，但问题是，如果谁违反大家的商定怎么办？

为维护市场，实现公平交易，经过载行会协商制定《同行商贾公议戥秤定规矩碑》，并立石碑记录：

原初，码头买卖行户原有数家，年来人烟稠多，开张卖载者二十余家，其间即有改换戥秤，大小不一，独网其利，内弊难除。是以合行商贾会同集头，齐集关帝庙，公议称足十六两，戥依天平为则，庶乎校准均匀者，公平无私、俱遵依。同行有和气之雅，宾主无棘戾之情。公议之后，不得暗私戥更换，犯此者，罚戏三台。如不遵者，举称禀官究治。惟日后紊乱规则，同众禀明县主蔡老爷，发批钧谕，永除大弊。

维护市场公平，首先在内部解决矛盾——如果谁家违反了，就罚戏三台。

如果罚戏这样的内部矛盾解决办法还不见效，再犯的，就只好举报送官府。

晋商一出面，市面上有了公平秤，老百姓就总到晋商的商号买东西，慢慢地，社旗的市面也平静了。

罚戏三台，晋商对生意中出现的问题，首先在会馆内部进行解决，这种内部矛盾处理办法，以为关老爷唱戏的方式出现。

如此处理，无论是犯规者还是处罚者，双方都不觉得尴尬，惩罚的

社旗山陕会馆戏楼——悬鉴楼

悬鉴楼兴建于清嘉庆年间，高24米，为三重檐歇山顶建筑，面南为山门，檐廊宽敞，面北为戏台，这种勾连搭结构独具匠心，极富特色。戏台上方悬匾之上又出一飞檐，形成八角高挑、飘飘欲飞之势。楼之上下左右以技艺高超的木、石雕刻及风格独特的彩画艺术装饰得美轮美奂。而且左右辅之以敞开式的钟、鼓二楼，一反他处古建筑多将封闭式的钟、鼓楼置于神殿两侧之常规，使之形成风格别具的乐楼组群，三楼翼角交错，似分似连，相映相衬，形成一个完美的艺术整体，为"中国古戏楼之最"。

目的在于治病救人，而不是要把犯规者置于死地——商人讲究和气生财，晋商更讲究仁者爱人，于是，大家坐在戏台下，一通锣鼓、一串唱腔，批评和自责、不满和愤怒都在梆子声里烟消云散，双方的面子在娱乐中得到满足，生意秩序由此获得维持。

在湖南湘潭北五省会馆，至今还有一尊撰刻于乾隆46年的《棉花规例碑》，碑上详细地开列了棉花行情、脚力等级、买卖规矩等条款，对于研究清初的经济状况不无价值。其中的第一条规定，"议行称砝码俱较准划一，如有故轻故重者，查出公罚戏一本。"

◆ 解析 ◆

山西人爱看戏。谁犯了错，就罚谁请大家看戏。

中国人爱面子。即便承认错误，也想保留个面子。

于是，受罚的人出钱请大家看戏，这一方面对犯错的人实行了惩罚，同时，这样的惩罚又显得很有人情味。

同时，唱戏是公开的，以行帮的身份请老百姓看戏，又往往宣传了，而且宣传了山西商人：看看我们山西人，做错了事情就要罚，但罚还罚得巧妙，让大家都来监督这个人，让大家都看戏沾光。

这个案例中，罚戏体现出来的是资本的仁义之心，"人非圣贤，孰能无过"，要给人以改错的机会，那就要有仁义之心。

有意思的是，徽州在制定乡规民约的时候，有"公议演戏勒碑"的习惯。通过这种罚戏的办法，不仅使违纪者在经济上受到损失，而且降低了他在全族人中的社会地位，同时，通过这种罚戏，再次告诫人们，使他们提高思想意识。

晋商会馆罚戏和徽州乡间罚戏有异曲同工之妙，这实在是中国传统文化很有意思也是很值得我们今天借鉴的办法。

今天，行业协会或者说商会已经大量存在，借鉴罚戏的办法，可以规范行业发展。

对企业来说，与其罚员工钱，倒不如罚员工请大家娱乐或者进行拓展训练等等，例如部门内员工犯错的可以请本部门的员工娱乐，经理犯错则请相关受损部门一起娱乐，寓处罚于娱乐中，寓处罚于教化中，寓处罚于培训中。

例如，偷税漏税的企业，税务局或可以让他们栽树等方式进行惩戒。

◆ **思考题** ◆

1. 人非圣贤，孰能无过。但是，到底该对过错如何进行处罚？
2. 罚戏的处罚方式对我们今天有什么借鉴之处？

06 会馆不唱"走麦城"

【忠】

有些东西是不能挑战的，比如信仰和道德原则，"财神股"就是以其不可质疑、不可动摇的地位获得的认可。

关公是晋商的商业神，挑战关公禁忌，就是在挑战商业秩序和忠义伦理，其后果必然是损人不利己的。

晋商在会馆里唱戏，晋商的会馆从不演唱关羽的戏。这是各地山西会馆的统一规矩。

因为山西人尊崇关公，但会馆的戏台一般不演关公戏，关公老家的商人们尊关公为帝君，认为帝君在殿一切活动都应严肃，不能容忍关帝随便粉墨登场扮演唱作。

还有传说，演关公戏会受到惩罚。有些人不信这一点，非对着来。

有一年，在山东聊城山陕会馆，发生了一个故事。

从南方来了几位富商，因生意获利颇多，想借会馆唱戏三日庆贺。由于生意顺利，有几位商人就不免有些猖狂，听说会馆一般不唱关公戏，就非要点不可，而且偏偏就还点《走麦城》。

戏班主知道会馆的禁忌，与富商交涉，可这几位富商只说不信此事，硬要叫演唱。戏班主无法，叫他们与会馆住持商量。

聊城山陕会馆山门

　　公元1743年（清乾隆八年），由山西、陕西的商人为"祀神明而联桑梓"集资兴建，66年后，会馆全部建成。会馆东西长77米，南北宽43米，占地面积3311平方米。整个建筑包括山门、过楼、戏楼、夹楼、钟鼓二楼、南北看楼、关帝大殿、春秋阁等部分，共有亭台楼阁160多间，现为全国重点文物保护单位。会馆便门两侧影壁上的石刻对联特别引人注目，右为"精忠贯日"，左为"大义参天"，均表现出晋商对国"精忠"对商"大义"的准则。便门上方还各有石匾一方，右为"履中"，左为"蹈和"。"履中"，意为处事中正，公平；"蹈和"意为和气、和谐。

聊城山陕会馆戏楼

戏楼为三层三间重檐歇山式建筑。东面门上有"岑楼凝霞"四个大字。门两侧有近2米高的大幅线雕石版画，左为松鹤，右为梅鹿。戏楼正面为三间，台口、檐枋、藻井以透雕、彩绘装饰。其顶部建筑形制国内罕见，向东北、东南各伸出两个挑角，向西北、西南各伸出三个挑角，成十翼角，表现了古代匠师们的高超技艺。可以与北京颐和园中的"德和园"大戏台相媲美，而且比故宫内廷的"漱芳斋"还要精致。

原来，晋商的会馆，因为都有关帝殿的缘故，通常都有一个住持。

住持给富商们解释，他们不但不听，还说："如答应上演《走麦城》可以重资相酬，不然，则换地演出。"

那戏班主一来看有利可得，二来也不想得罪富商，就破例斗胆应允了。

夜场戏时辰一到，几通锣鼓响过，垫戏唱罢，扮演关羽的演员正要挑帘出场，突然听到"轰"的一声响，随即一股浓烟大火，从戏楼顶冲了下来。

接着狂风大作，火势愈猛，霎时把整个会馆照得通亮。

戏楼前的场院上，一时大乱，有的人争着向外奔跑，有的人取水救火，会馆内乱作一团。

再看那火，却也奇怪，火势并不乱窜，只是燃烧，却不向外漫延，任凭用水泼浇，丝毫不起作用。

慌乱中，住持还是镇定些，他大呼一声："关老爷显灵了。"

住持一边喊，一边吆喝戏班主，赶紧让扮关羽之演员，净脸卸装，并吆喝大家快向关帝殿方向叩头认错求情。

晋商会馆的戏楼，一般都盖着面向关帝殿，因此，所谓唱戏，其实就是给关帝唱戏，大家只不过跟着关老爷听听戏享受一下。

再说那几个富商，一看大家都跪拜关帝殿，他们也慌了，忙着赶紧跪下，祈祷关二爷息怒饶恕。

大家一跪，说来也怪，火势居然自然熄灭，一切又恢复了平静。

大家镇静下来，左右一看，只见戏楼完好无损，倒是那几位富商，头发像被火烧过一样，头脸十分地狼狈。

第二日，几位富商专程带了祭品，隆重地拜祭了关公，他们表示，是自己被钱财迷了心窍，忘乎所以了，以后不敢再犯此类错误。

后来，传说当年有一个驻聊城的军阀就硬要在这里演一次《走麦城》的大戏，谁知锣鼓刚刚敲响，演员尚没挑帘出场，大殿内的桌围、布幔却轰地着起火来，一下子把会馆照得通亮，火焰直向坐在台前的军官扑去，当即把那人吓昏倒地。自此，在这会馆里再无人敢演关公戏了。

◆ 解析 ◆

无知者无畏？因为不忠不义，所以很多人无所畏惧。因为不忠不义，商人偷奸耍滑，欺诈客户。

富商自以为有了几个钱，就觉得"老子天下第一"，感觉上来了，晕晕乎乎，殊不知，天地自有法则，社会自有公道。

钱或可改变你的消费能力，钱绝对不是个人、家族或企业修养的必然组成。富贵富贵，不是有富则贵，富与贵之间的距离，其实就是以忠义为本的修养。

对关公的信仰和崇拜文化，是晋商的信仰文化，更是晋商的商都文化。回顾明清晋商的成功，走进晋商会馆，看看每个晋商会馆都拜关公

的会馆文化，我们发现，其实，晋商当年取得辉煌成就的根本支撑是晋商的商帮文化。

关公的仁义和诚信是经商所必需，晋商信奉关公，把关公视为自己的精神支柱，锻造了诚信为本的商魂。

一方面是信仰，信仰"忠义信智勇"，一方面是约束，因为有信仰而产生对日常行为的约束。

伴随着晋商商业足迹的远行，关公文化成为晋商的商帮文化。以关公文化为核心的商帮文化，最终成就了一代晋商的成功！

◆ **思考题** ◆

1. 明清晋商拜关公，今天的商人信仰归属在哪里？
2. 谁都不愿意走麦城，数一数今天还有哪些商业禁忌？

第二章
聚资本的行动

一人智慧无多，纵能争利亦无几何，不务其大者而为之。若能时相聚议，各抒己见，必能得巧机关，以获厚利。即或一人力所不及，彼此信义相孚，不难通力合作，以收集思广义之效。

——洛阳山陕会馆捐款碑文

01 会底银、会馆银、"领东掌柜"

【智】

遍布全国各地的晋商会馆扮演着晋商在各地的资本中心的角色，这些各地的会馆，在提供酬神、议事、娱乐功能的同时，更为当地晋商的发展提供了一个融资平台。

想一想，无论走到哪里，都有一个可以寻求帮助的晋商帮的"银行"，那还愁在当地不能够获得发展吗？

乾隆四十五年（1780 年），山西、陕西两省商人在佛山升平街创建山陕会馆。道光元年（1821 年）重修会馆，捐款者自嘉庆十七年（1812 年）至道光元年多达 191 家商号。

道光三十年会馆重修，捐款者自道光十四年至该年，多达 212 家商号，其中兴隆记捐款最多，为 351 两。其时会馆各种款银共达 18049两，其中新进厘金银 4567 两，房租银 8283 两，利息银 3130 两。

从以上数据中可以看出，房租银和利息银为 11413 两，接近 16 年间捐款额的 3 倍，说明会馆有着庞大的房地产业，成为会馆的主要经费来源。

到后来，山陕会馆福地由厘金银、香资银、房租银、利息银、批头银、各号布施银、余平银等滋养。

晋商会馆的产业利息所得，成为维持会馆经费的重要来源。

会馆是晋商联合互助的一个平台。但是，会馆并不是晋商会员不停投入的一个"无底洞"，在晋商会馆中，负责人常常对会馆的资本运作起来，并投资生利。会馆的运作者们往往倾向于通过购置地产、收取租金或者将社产中的流动资金发往商号赚取利息等商业化的方式来经营会馆的公共财产。

晋商会馆的资金分为常年经费和临时经费两种。常年经费来自本籍商人、学徒所缴纳的会员费；临时经费来自各商号的捐纳银两或对过往商品所抽取的厘分。

由于晋商会馆的建设是由众多晋商联合集资所建，会馆没有建设开销，因此，以会员所缴纳的会底银为基础，再加上商号日常义捐或者抽厘的银两，经年累月下来，数量很可观，在维持会馆日常开销后，常常有大量结余，会馆由此积累了巨大的收入，形成一种特定的资本积累，会馆成为独立的资本主体。

会馆公产的经营是维持会馆基本活动的必要条件。在会馆公产的商业化经营中，会馆和商人乃至商号之间的关系也会日益密切。

1. 贷与息：对会费的运作。

会馆的运行机制是会员制，对于会员是收会费的，但是，对于会费到底怎么管理，其实是所有会馆或者说会员俱乐部都要面临的一个问题。

晋商会馆，有一种独特的会费管理办法：不是简单地收取固定额度的会费，而是就采用了一种资本运作的手段——放贷。

如青海西宁的山陕会馆规定，加入会馆的商号，每家要交会馆银24两，并规定本银不交会，仍存在本号营生，但每月按本银数，每两交纳二分半的利息。（注：《清末民初—1929年建省首的西宁商业情况》，青海省图书馆油印本。）

青海西宁山陕会馆山门

1888年（清代光绪十四年）建成，是当时秦晋商家"叙乡谊、通商情、敬关爷"的商都会所。

2008年5月13日，当地媒体报道称：修缮后的西宁山陕会馆，如今一改往日颓败之貌，焕然一新，既能供游人观瞻，也能让当今商家领略山陕故商节俭尚义、诚信不欺的经商精髓，激发后人包容诚信、尚义利民之时代精神，为提升城市文化品位、挖掘城市文化内涵起到了积极作用。

以上这个案例的核心价值在于，会馆运作者对商业和资本有着清醒的认识，那就是所有的商人和商号都有对资本的需求，每个人总有资金紧缺的时候，也总有资金赋闲的时候，当遇到紧缺或赋闲的时候怎么办？——会馆通过对会费收取的运作直接告诉会员，大家可以与会馆合作进行资本运作：你可以通过会馆放贷，也可以通过会馆进行贷款，会馆以自己对会费的运作给会员们提供了一个可资借鉴的资本管理办法。

2. 投资房地产。

会馆本身就是一种商业地产，晋商会馆的运作者一方面通过集资共建模式弱化了大家对会馆的所有权，让会馆的所有权归会馆，另一方面，会馆的运作者又把资本运作投向常常具有保本增值特征的房地产项目。

如汉口山陕会馆《纪产续置》条便记载："会馆重建，较前壮观，以房租之收入，供会馆之所出，终岁沛然而有余——仅将续买浮屋六所略录姓名，价值基地五段，改置市屋，照契详录。"该会馆每年仅房地产收入就高达"银964.3两，钱828.900文。"（注：《汉口山陕会馆志》，第25页，第35页，第67页。）

会馆的资本是来自于会员的，要为会员服务，作为商业会馆，最重要的特征就是会馆的运作者本身必须具有商业头脑和智慧，投资房地产就是让会馆资本实现保本增值的一种商业操作。

3. "领东掌柜"的运作模式

风险是投资的基本特征。作为会馆的运作者，降低风险，或者说零风险运作，是一种理想状态。如何实现这种理想状态，只有对被投资者有深刻的认识和绝对的把握，于是，晋商会馆常常选择把会馆的资本投入到自己熟悉的本帮的会员商号中。

晋商会馆将会底银两作为投资，与本帮商号合资经营，使接受投资的本帮商号成为会馆的"领东掌柜"，由会馆按时提取盈金。

在这方面，陕西商人有一个案例：新疆乌鲁木齐最大的国药店"凝德堂"，就是由"乌鲁木齐的陕西会馆会底银两投资支持的，它每年带给会馆的收入，亦属可观。"（注：籍玉林：会馆漫记；《乌鲁木齐文史资料（第八辑）》）

◆ **解析** ◆

晋商会馆所承接的，是一种商业精神，也是一种历史启迪。

一方面，晋商以会馆为平台进行了资本的聚集；另一方面，晋商以会馆为平台进行着资本的运作。晋商的资本，在对关公的崇拜中具有了更多忠义的气质。晋商会馆，也就成为忠义资本的聚集中心。

遥想当年，初到某地的山西商人，想在某一领域有所发展，缺少资金，怎么办，到会馆啊：在会馆里，信息、人脉、资金、产业链的上下游，要什么有什么，这个时候，你所需要的，就是能够获得大家的信任。会馆的会员制恰恰提供了这种信任的平台。

以晋商会馆的"领东掌柜"案例来看，一旦这类"领东掌柜"规模化发展，晋商的会馆就成为了众多晋商商号的东家，而此时，作为众多商号东家的会馆，是不是成为了一种事实上的财团？

晋商商号互相成为对方的东家，他们以会馆为平台互相拆借资金，互相入股，由此，资金、信息、市场等在商业循环中实现盘根错节的商业脉络，另一种晋商财团由此形成。

今日商会和民间社团的发展，或可借鉴晋商管理会馆的模式。

◆ **思考题** ◆

1. 商人俱乐部的核心价值是什么？

2. 晋商的会馆管理方式对今天商人俱乐部的运营有哪些可资借鉴的地方？

02 "酒仙社" 捐银建会馆

【和】

把生意的一部分利润拿出来，这每个人的每一次生意的每一点利润，到最后，就汇聚成巨大的资本。

大家来到会馆里，感受到的是真正的主人翁的感觉。在会馆里，每个商人都是平等的，形成了一个和谐共处的良性环境。

明清时期，河南赊店镇经济达到鼎盛，一时与景德镇、佛山镇、朱仙镇齐名，成为全国四大商业重镇之一。

据《南阳府志》记载，赊店酒纳税 30 科，而邻县酒税仅有三科以下。其中最大的酒作坊"永隆统"，相传为 1736 年乾隆皇帝微服私访时隐身所开，后留于民间。

公元 1736 年，乾隆皇帝微服私访中原，乘船到赊店靠岸。乾隆看到当地商贾云集，酒业非常发达，酒馆鳞次栉比，便微服开了一家酒馆，并起名"永隆统"。由于酒馆并不以赢利为目的，因此，开业不久，"永隆统"生意异常火爆。乾隆离开赊店后，将酒店交于刘姓伙计经营，生意越做越大，远销湖广、山陕等地。

如今的社旗山陕会馆大拜殿是匾额集中悬挂之地。据资料记载，大拜殿内原悬匾达三十余块，层叠排列，几乎将殿顶遮严，其匾书均为赞

社旗山陕会馆内颂扬关公的牌匾："三国一人"。

颂关公"忠义"等精神的内容。

其中一块悬于大拜殿北檐明间正中之上，匾书"浩然正气"四个大字，为明万历进士兵部司马杨继盛所书，额题"大清光绪十九年冬月中浣敬献"，落款"酒仙社同叩"，匾书下部横排竖写永隆统、永禄美、工泉美、兴隆美、光泽公、永兴盛、德顺和、英盛涌、义诚和、英隆大、义诚永、荣盛大十大酒作坊名，足见其时赊店酿酒业之盛。

赊店著名的永隆统酒馆、永禄美酒馆，这两家酒馆都由山西人创办，年产永隆酒、禄酒20多万吨，畅销全国各地及南洋。

永隆统是清康熙年间由山西酒商姚老板在赊店镇公安街开办的酒作坊，整个作坊座南朝北后门直达天平街，有车间100多间，酿酒员工及店员80多人。

永隆统的三间营业房每天6点钟就开始卖酒，前来喝零酒的人排成长队，掌柜和一二把手亲自坐镇卖酒，姚老板亲自将一遢遢酒罐给群众。

晋商修建、修缮会馆采用的是集资的方式，包括"抽厘"和"认捐"两部分。有"天下第一会馆"美誉的社旗山陕会馆历次修缮也采用的是类似的集资方式，光绪年间，山陕会馆重修，永隆统第三代传人已成中原第一酿酒大户，

忠义的资本
晋商是个好榜样

率"永禄美"、"工泉美"等酒馆成立"酒仙社",捐银数千两。

在这一次修缮中,蔚盛长票号赊店分号,是山西蔚泰厚票号在中原设立的第一家分号,其银票可以在全国十三个省的分号汇兑,在"众票帮"(指山西各票号驻汉口的分号)捐银500两之外,单独捐银220两。

晋商在全国各地盖了几百座会馆,用的基本上都是这种"抽厘"和"认捐"的方式。

如在北京的山西盂县会馆,是该县经营氆氇商人共议建立的组织。氆氇是藏族民间手工制作的一种羊毛织品,可作衣服、坐垫、挂毡、地毡之类。又经同仁共议,定出共建会馆集资办法,即每售一匹氆氇交一锭银子,经过九年的积累,到嘉庆二年(1797)终于购置一处民房,经修葺,成为最初的盂县会馆。

晋商会馆以晋商生意部分利润沉淀的方式建设起来,在会馆里,利润和商人有机地结合在一起,忠义的资本在会馆相聚了。

◆ 解析 ◆

晋商盖会馆的理念,从某种程度上体现了晋商做生意的理念,点滴积累,集腋成裘。

晋商在会馆中不讲究谁大谁小,就如同晋商在做生意中不讲究谁强谁弱一样——

大家做生意,没有强弱,没有大小,只有彼此的互惠;

大家在会馆,没有强弱,没有大小,只有彼此的互助。

"和"的资本,由此在会馆中聚集,而各位东家、各家商号的资本,也在这种"和"的汇聚中,得以更为迅速稳健地增值。

安徽亳州的山陕会馆,修缮活动前后持续了260年,如果没有这样的筹资机制,哪一家商号能够有这样的实力?

做好事,做善事,如何长久持续地发展,晋商盖会馆筹资的方式值

得我们借鉴。

这个集资的方法对于当今的商会或慈善基金有相当的借鉴价值。就做企业来说，如果能够从每一笔生意中拿出一点点利润来，做成企业的风险应对储备基金，不失为企业发展的一种长效机制。

◆ 思考题 ◆

1. 你怎么看待晋商对会馆资金的筹措方式？
2. 本文对社会公益组织的资金筹措有何启示？

03 安徽亳州山陕会馆：互助的资本

【义】

四海之内皆兄弟，核心是以义相投。会馆之立，所以联乡情，笃友谊，互帮互助。这种不分你我彼此的义气，给以利润为目标、冰冷的资本注入了人情、人性的温暖和光辉。

关公义薄云天的形象在此刻得到确认与升华。

清朝初年，亳州即是全国的药都之一。全国各地的药商，纷纷到亳州采买，亳州由此成就了一代又一代的富商。其中，更不乏商路上的艰辛之事。

当时，山西有一个姓关的药材商，和陕西一个姓秦的同行，两人在做生意的途中认识了。说来也巧，两人认识的时候，恰恰是生意都做得不太好，也许同为商场失意人的缘故，两人在酒馆里一见如故，聊来聊去，就说道亳州是全国的四大中药材集散地之一，两人遂相约到亳州做药材生意。

失意人总遇失意事，关、秦二人到达亳州的时候，正值腊月，举目无亲，再加上银子已经基本花光了，哥俩只好投宿在涡河之阴破旧的关帝庙里。

身处异地，做生意也没本钱了，这生计，还是要先解决的。

第二天，腊月的亳州市面，人们匆匆地行走，置办着年货，他们想找点营生做，但是，人家都说，等过了年吧，这大过年的，该回家的都回家了，哪还需要伙计？

夜里，回到关帝庙，两人冻得睡不着，两人说这可得想办法，再这么下去，不冻死也得饿死。

突然，秦姓商人说，"关兄，咱们上次过河的时候，你不是少给了人家一文钱吗？"

原来，之前两位过河的时候遇见一船夫。老关问道："过岸多少钱？"船夫说："一块。"老关又问："八毛八行不行？"船夫说："不行。"老关再次讨价还价说："那九毛八总可以了吧？"船夫乐了，"听说山西商人精明很会算账，看来一点也不假，今天若不给他便宜点是不行了。"于是佯装无奈说："算啦！真服了你啦，就少收你一分钱吧，

亳州山陕会馆山门

整座山陕会馆的精华在于砖木二雕。山门的墙上布满了精细的砖雕，水磨砖厚度仅十几厘米，而匠人们在方寸之地，展现了立体透雕的卓越才能，一羽之微，一鳞之细，一叶之脉，一花之萼，一人之情，一物之动，无不匠心独运。

你就付九毛九吧！"

老关很高兴地同意了这个价格。船到对岸，船夫禁不住好奇，问："为什么别人过河都出一块钱，而你非要少给一分钱呢？"老关答："老辈人说了，出门做生意，往往就差这一分钱，万一生意赔了，我还指望靠这一分钱起家了！"

老关的这件事，给老秦留下很深刻的印象。老秦说，他在家乡的时候，很喜欢做小孩子的玩具，不如趁腊月的时候，自己动手做点玩具，于是，第二天，他们就用一文钱买了些原材料，到大街上做起了买卖。

半个腊月、一个正月下来，两人还真靠着玩具积累了些小本钱。

正月过后，他们就开始打听亳州的中药材行情。毕竟，经营药材是本行，几年下来，两人逐渐在亳州站住了脚，分别有了自己的药材行。

这一年正月初一，关、秦二人再次来到关帝庙，带着丰盛的祭品祭拜关老爷。祭拜完毕，站在关帝大殿外破旧的院子里，两人相对一看，都笑了。

老秦说，"关兄，几年前，要不是这座关帝庙让我们容身，要不是你们山西人那九毛九教诲下的一文钱，咱们可是没有今天啊。"

老关说，"秦兄，相处几年，咱们也算患难与共。现在咱们日子好过了一点，但是，毕竟出门在外，生意场上，谁知道明天会是什么样，要感谢关老爷对我们的关照。我想，不如咱们动议一下，重修一下关帝庙吧。"

关、秦两位的想法，很快就得到在亳州的山陕商人的一致拥护。

1656年，行贾于亳州的一批山西、陕西富商，看中了涡河之阴破旧的关帝庙，立刻筹措资金，招聘名匠，进行修复；同时增建"花戏楼"，作为"山陕会馆"和聚财金库。

据清乾隆三十八年(1773年)《重修大关帝庙记》载："亳州北城之

亳州山陕会馆砖雕细部图

大关帝庙，建于国朝顺治十三年 (1656 年)，首事为王璧、朱孔领二人……皆系籍西陲，而行贾于亳……"

首建之后，历经修缮，才形成今天的规模。

有史可记的修葺活动有：一修于康熙二年 (1663 年)，二修于康熙二十三年 (1684 年)，三修于康熙五十二年 (1713 年)，四修于乾隆十九年 (1754 年)，五修于乾隆三十一年 (1766 年)，六修于乾隆四十一年 (1776 年)，以后在道光初、光绪中均有修葺，最后一次彩绘是在光绪十八年 (1892 年)，彩绘中有落款可证。

所有这些修缮活动前后历经 260 年，均系山陕商人捐资完成。

◆ 解析 ◆

最初的会馆，主要为客籍异地乡人的聚会场所。在异乡忙碌生计，与同乡相遇，听乡音，吃家乡饭，那种乡情即亲情的体验，是从来没有在异乡生存的人所难以体会到的。

康熙五十七年（1718）《修建临襄会馆碑记》称："会馆之立，所以联乡情，笃友谊也。朋友居五伦之一，四海之内，以义相投，皆为兄弟。然籍同里井，考其情较洽。籍同里井，而于他乡遇之则尤洽。"

晋商经营，号规严厉，更加上古代交通不便，所谓"他乡遇故知"，可以说是对晋商会馆内人际交往的最佳写照。

晋商对乡情的重视，更是通过在会馆中敬奉关公完全地体现出来。

思念家乡、渴望亲情、需要信任的晋商们，想到了家乡人关羽，所以，干脆在会馆中供奉了关公，关公身上的仁义礼智信，恰当地表达了晋商对"他乡遇故知"的理想要求。

以关公为乡情相知的最高境界的标准，晋商在经商所到之处修建了会馆，建立了在异乡的家。

亳州山陕会馆的修建，就是一个典型的在异乡寻求同乡互助的平台，商人在此相聚，由此，一个互助的资本中心在亳州出现。

◆ 思考题 ◆

1. 亳州山陕会馆为什么在关帝庙的基础上修建？
2. 在经济全球化时代如何"以义相投"？

04 多伦山西会馆："掉进钱眼"的资本

【忠】

赚钱也要赚得坦坦荡荡，才能够尽心和彻底。山西人抱着这样的态度成就了一个白银帝国。

商业之于中国传统，向来地位不高，但晋商改变了这一历史。"买卖兴隆把钱赚，给个县官也不换。"他们心无旁骛，忠诚于自己的职业和梦想，把商业做纯粹了、把商人做坦荡了！

康熙三十年（即 1691 年），康熙帝在今内蒙古赤峰市乌兰布统地区击败反叛的葛尔丹后，选择多伦诺尔，在那里接见了内外蒙古的 48 家王公贵族的朝拜，这就是历史上有名的"多伦会盟"。

随后，多伦诺尔成为内蒙古地区的重要交流中心，随着大批旅蒙商的进入，多伦商业随之繁荣，到 1745 年，在多伦诺尔经商的山西商人联合集资兴建了多伦山西会馆。

这一年，京城山西商号合盛魁的少东家洪长顺带着几个伙计，从京城一路赶往多伦诺尔，过了河北界后，到达蔡木山的月亮湖附近，大雪太大，实在不能前行，就在附近找了一个牧民家里住下。

大雪封路，也就无法前行，这一呆就是好几天，几天后，大雪融化，洪长顺和伙计们继续上路，洪长顺一行顺利到达多伦诺尔后，住进

多伦山西会馆山门

了自己的商号。

隔天，正是当月的初一，他跟着多伦诺尔分号的掌柜去山西会馆拜祭关公。

原来，多伦山西会馆又叫伏魔宫，同晋商在其他地方盖的会馆一样，供奉的都是关羽，每月的初一、初五和十五都要拜关公，因此，这一天就十分热闹。

洪长顺他们到了会馆门前一看，三座高大的牌楼，正中间那个写着"伏魔宫"三个大字，两边分别是"左通"、"右达"。

一进大门，是一个大戏楼。转过去，到达正面，只见大戏楼正面挂着三个字："水镜台"。多伦的会馆，洪长顺听父亲讲过，但第一次进来，还是感到十分的震撼。

公元 1745 年（清乾隆十年），多伦山西会馆由山西籍旅蒙商集资兴建。多伦山西会馆建成之初，名为"伏魔宫"，意在供奉山西英豪关羽，求其保佑生意兴隆，财源滚滚。由此，当地人又称山西会馆为关帝庙。

在钱眼里磕头的关公崇拜

做生意的山西人，在拜关公的时候也不忘自己的营生，故而能做到心有忠义，坦坦荡荡经商赚钱。

尤其是戏台前面的大广场，看起来十分的舒心，父亲讲过，这个广场唱戏的时候，容纳万人没问题。

洪长顺由分号掌柜引见拜见完会馆的会首后，就顺着到会馆最里面的关公殿祭拜关公。

整理一下衣服，洪长顺庄严地望着关帝的战袍，跪了下来。

突然，他感觉到腿和膝盖一阵凉意，低头看时，发现自己竟然跪在了一个大铜钱上。

他不敢多看，认真地拜了三拜，起身看时，原来，自己刚才是跪在一个大铜钱上，刚才那么屈身一拜，自己简直就是"掉进"了钱眼。

退出关帝殿，洪长顺站在殿外的一侧，看着不停进来跪拜的人流，抬头望望蒙古高原上湛蓝湛蓝的天空，那一刻，他突然明白了，为什么父亲一定要让自己到多伦诺尔来，为什么父亲从小让自己苦读书长大了却要自己到这么一个遥远的地方来看生意、了解生意。

多伦山西会馆现存的彩绘壁画（左上角处为捐赠字样）

　　多伦山西会馆大铜钱的事情，父亲没有讲过，分号的掌柜们也没跟自己讲过，刚才跪拜在钱眼里的那一刹那，洪长顺真的有点醍醐灌顶。

　　这就是山西人对生意和金钱的价值观，山西人信仰关公、祭拜关公，因为关公代表的是信义，但是，做生意的山西人，即便是在拜关公的时候也不忘自己的营生，他们坦荡荡地做生意，把生意做纯粹了，把生意做到忠义的高度，忠义于关公，忠义于客户，忠义于社会。

　　洪长顺一言不发地离开山西会馆，回到合盛魁多伦分号，就跟分号掌柜开始了解多伦的生意。

　　半年后，由洪长顺做主，合盛魁在多伦山西会馆西配殿内，捐银一两为关公做壁画。

　　至今，在多伦山西会馆的关公壁画上，人们还能够模糊地看到合盛

魁捐赠的关公壁画。整个壁画所描绘的是三国里的重要片断，以关羽的一生为主线：桃园结义、夜观灯火、打破黄巾等应有尽有。每一幅画的注脚上都标有一个商号赞助的银两数目，数目大则画面大，数目小则画面小。

就是这个洪长顺，那天在牧民家里赞助的时候与牧民的漂亮女儿乌兰托亚一见钟情，后来，因为多伦衙门有个官吏也看上了乌兰托亚，这个官吏以"清政府明令禁止汉族商人娶蒙古族姑娘"为由，将洪长顺关押拷打，乌兰托亚愧疚之余跳月亮湖自尽。

洪长顺被释放后，听说乌兰托亚跳湖殉情，他伤心欲绝。几天后，他穿戴整齐，到山西会馆跪在大铜钱的钱眼里一边给关公磕头，一边默念，"身为山西商人后代，今生不能尽忠商业，请关老爷原谅"，随后，前往姑娘湖殉情。后来当地人就把月亮湖改名为姑娘湖。

如今，姑娘湖已成为多伦旅游的胜地之一，这个美丽的传说和美丽的风景一起吸引着众多的游人流连忘返。

◆ 解析 ◆

祭拜关公，能够把跪拜的垫子做成大铜钱的，恐怕这个世界上也只有山西商人一家了。

心有忠义而坦坦荡荡经商赚钱的，恐怕，也只有山西商人能够做出来。

做生意，做人，做那杰出的生意，做一个杰出的人！

不过，即便是在山西商人中，在全国的六百多座晋商所盖的会馆中，也只有内蒙古多伦的山西会馆做出了这样的举措。

或许，是内蒙古地区的人文地理进一步激发了山西人做商业做商人的豪情，因此，他们把过去只是在行为上努力的商业梦想大胆地在会馆里直接设计了出来，并且设计得那么巧妙。

这样的一个设计，只有亲身体验了才会感受到其中的震撼作用。

因此，洪长顺的父亲没有告诉他，大概就是因为这样的原因。

这，或许能够解释当年山西人在多伦为什么有1000家商号的原因，在那个年代，多伦天气寒冷，而且交通相当不便，但是，山西人硬是凭着自己的艰韧和努力在这样一个大漠之南的地方打下了自己的一片天空，至今仍存的山西会馆就是明证。

无论我们做什么事情，无论我们在哪个岗位，只要我们对这个事情和岗位能够达到山西人"拜关公掉钱眼"的坦荡劲，我们就一定能够成功。

◆ 思考题 ◆

1. 多伦晋商拜关公为什么要跪在钱眼里？
2. 合盛魁捐赠关公壁画和当今企业认养城市绿地有何异同？

05 开封山陕甘会馆：融合的资本

【和】

做生意，做事业，重要的，是要有开放融合的心态。所谓的晋商会馆，一部分是山西商人独资盖的，很多是山西商人和陕西商人一起盖的，还有的就是山西、陕西、甘肃一起盖的，还有的如北五省会馆，则是北方五省一起盖的。

开放、融合，这才是大事业成就的真正舞台。

嘉庆初年，开封山陕会馆的建筑历经风剥雨蚀，加上年久失修，已经露出破败的迹象，见此情景，老会首张恒裕、车日升、昭馀馆、保元堂等召集山陕商户开会，并当场表示："关帝圣庙创立已30余年，现在是大大不如以前了。前人既已创建，后人若不增修，有碍圣神之道，有失前辈向善之诚。现在，是我们应该修缮圣庙的时候了。"

会议结束，山陕商户们商定，依然采取"抽厘"和"认捐"的方式，各个店铺每进钱一千，抽取二文，交请老会首收存，作为会馆每年修补的费用。

当时山西蒲州的商人，尽管生意做得不是很大，依然听从老会首的命令，前后将近十年，从嘉庆四年五月至十三年正月共八年零八个月，参与集资的商人商号计有40家，其中抽厘最多者为33.147千文，最

山陕甘会馆位于今开封市中心的书店街和西大街的交界处，是清代山西、陕西、甘肃三省旅居开封的商人集资修建的。始建于乾隆年间，距今已有二百多年。门口是好大一个青砖庑殿顶照壁。照壁东西长 16.5 米，高 8.6 米。照壁的东西侧各有一个翼门。

低者仅 448 文，共抽收厘金 383．147 千文，平均每年抽厘 44 千文，最终交给会馆作为修缮基金。

据《山陕会馆晋蒲双厘头碑记》记载其经过曰："蒲属本小利微，力薄费繁，不能望人项背。谨遵前议与本行同约：铺中每进一千抽取二文，银数亦然。自嘉庆四年五月初二日起，泊十三年正月初二日止，共抽钱三百八十三千一百四十七文，节次交清，老会首收存，以为每岁补葺之用。"

按照碑文所记 2‰的抽厘率折算，当时蒲州商人的平均年经营额只有 22000 千文，以嘉庆初年的银钱比价 1000 文计，折银为 2．2 万两。可见当时蒲州商人确实是"本小利微"，经营规模十分有限。但是，蒲州商人并没有因为自己的生意小而退缩，相反，积十年之功，可见当时山西商人对会馆高度认可的归属感。

"夷门自古帝王州"的开封，几经龙盘虎踞，几番沧海桑田，商业始终是这座城市的经济命脉之一。

开封的山货店街南起寺后街，北至徐府街，长近 300

开封山陕甘会馆内照壁

关帝正殿内景

米。大约从明代起，这里就是集中销售山货的地方。在这里经营山货、皮毛、山果的比较集中，熙熙攘攘，很是热闹，山西商人就是主要的商帮之一。

随着山西客商云集开封的人数愈来愈多，他们集资于今老会馆街（龙亭东侧）建立了一处山西旅汴同乡会馆——山西会馆。

清代乾隆三十年（公元 1765 年），陕西旅汴商人与山西旅汴商人商定联合建立山陕会馆。当时是以各商户营业额的千分之一捐摊（多者不限）。经多方考察，他们选中的地址，正是明代"开国元勋第一家"的中山王——徐达的裔孙奉敕的府第。会馆的前半部为关帝庙，西部和后半部为办公场所。

道光四年（1824 年），商户们把大殿进一

开封山陕甘会馆内砖雕细部，算盘栩栩如生。

步扩展，将大殿、拜殿连为一体。第二年又增建六柱五楼牌坊一座。之后，又将东西两庑各扩至八间，并建重檐歇山式钟、鼓二楼，同治三年（1864年）又重修了后道院。这样，一组较为完整的关帝庙古建筑群终于耸立于闹市之中。

到了光绪年间，甘肃旅汴商贾加入，山陕会馆遂易名为山陕甘会馆。山西、陕西、甘肃三省商人联合，使他们的经济实力大增。光绪二十八年（公元1902年），他们又在大殿后增建了一座高大雄伟的春秋楼，正门悬一巨匾"明德维馨"，使会馆关帝庙的建筑格局更趋完备。

从山西会馆到山陕会馆再到山陕甘会馆，开封的山西商人以开放的心态与陕西、甘肃的商人联合，共同成就了一代商业的繁荣。

关于开封山陕甘会馆，需要我们知道的，恐怕不仅仅是会馆中雕刻的惊艳，真正惊艳我们的，应该是会馆蕴含的一种精神。有一种精神，是山陕甘的团结，是中国人的团结。

2001 年山陕甘会馆被列入第五批全国重点文物保护单位的名单。

◆ 解析 ◆

2005 年 5 月 22 日,《纽约时报》评论版罕见地以中文标题发表著名专栏作家克里斯托夫 (Nicholas D. Kristof) 的评论文章:"从开封到纽约——辉煌如过眼烟云" (China, the World's Capital By Nicholas D. Kristof, The New York Times, 22 May 2005　From Kaifeng to New York, glory is as ephemeral as smoke and clouds),引起一时轰动。

克里斯托夫说,美国现在是世界唯一超级强国,纽约是全世界最重要城市,许多美国人认为理所当然。但在 1000 年前,世界最重要城市却是黄河边上的开封。他说:"我们如果回顾历史,会发现一个国家的辉煌盛世如过眼烟云,转瞬即逝,城市的繁华光景尤其如此。"

"公元前 2000 年世界最重要城市是伊拉克的乌尔 (Ur),公元前 1500 年世界最重要的城市或许是埃及的底比斯 (Thebes),公元前 1000 年,没有一个城市可在世界上称雄,虽然有人提到黎巴嫩的西顿 (Sidon),公元前 500 年可能是波斯 (Persia) 的波斯波利斯 (Persepolis),公元 1 年是罗马,公元 500 年可能是中国的长安,公元 1000 年是中国的开封,公元 1500 年是意大利的佛罗伦萨 (Florence),公元 2000 年是纽约。公元 2500 年,以上这些城市可能都榜上无名。"

城市是如此,国家是如此,晋商有何尝不是如此?

今天,走进 200 多年前修建的开封山陕甘会馆,站在明代"开国元勋第一家"的中山王——徐达的裔孙奉敕的府第的旧址上,触摸精美绝伦的建筑艺术,诵读克里斯托夫的文字"辉煌如过眼烟云"的时候,阳光下,尘归尘,土归土,关圣帝君的目光注视着流连于此地众生——

以蒲州商人的绵薄之力,而努力捐赠会馆的维修,为什么?

窥一斑而知全貌,会馆的修缮,其余山陕商人的努力,由此可见。

因为他们都知道团结的力量，单个的资本是做不了大事情的，聚合的资本是忠义的资本。

◆ **思考题** ◆

　1. 修建会馆，蒲州商人的生意做的不是很大，为什么还要出钱？

　2. 不同省份商人为什么要联合建会馆，难道他们单独建不起一个会馆吗？

06 海城出了个"小金人"

【敬】

商人的成功，首先是自己在财富上的成功，而仅仅有财富上的成功显然不够，特别是对于家庭来说。今天的"富一代"焦虑于财富的传承和光大问题，其关键在于培养后代对于财富和商业活动的敬畏之心，对父辈辛劳的敬重之情，培养后代自信自强自立自尊意识。否则，财富掘墓人的"小金人"将层出不穷。

清代中晚期，就在山西这几个晋商大院辉煌的同期，海城岔沟镇也出了一个"郭金人"：他的本名叫郭家儒，绰号"小财神"，由于他财运亨通，不到十几年光景就发了大财，因为他财多势大，所以当地人称"郭金人"。

清乾隆三十四年（1769年）时，原籍山西省徐沟县、有制醋酿酒的手艺且精于商道的郭殿元父子终于来到了海城岔沟地界，来时就是有备而来，加之山西人为人精细、处事诚实守信，干活任劳任怨，又有三个迅速成长为壮汉的儿子帮衬，郭殿元带着三个儿子先以开小铺子制醋酿酒开荒种地开始，日子过得逐渐殷实起来。

海城老人口口相传的是，郭家的买卖从海城一直开到北京城，"走到北京，都喝自己家的水。"

在清朝末年，郭家选中了八岔沟西街兴建住宅，大门两边有雕刻的对联：

上联是：辽左卜新居海邑门楣光奉省

下联是：山西传旧脉徐沟世袭出汾阳

恰恰就是这个郭家，出了个至今在海城仍旧"驰名"的"小金人"郭家儒——至今，海城的老年人还用这个郭家儒作为教育子女的反面教材，老人们常说，"'小金人'有钱吧，还要了三年饭呢！"

海城山西会馆内碑刻

位于辽宁省海城市西门外大街，兴海管理区东侧，"三学寺"的西侧，即今海城博物馆。整个建筑由山门、钟鼓楼、前殿、后殿、东西配房、戏台组成。占地约3000平方米。门前有一对石狮子，两侧的墙壁上雕有"忠义"二字。此新刻碑，额题"千秋基业"，文曰："晋辽同脉，忠义永存"。

原来，清初东北的海上贸易主要集中在辽南近海，随后海城古镇牛庄成为当时关内外物资集散地和辽东最早的水上商埠。奉天的海州（今海城）当时盛产陶瓷与丝绸等特产，且有水路、旱路通畅的交通条件，于是晋商接踵而来，人数越来越多，生意越滚越大，山西会馆势而起。

据《海城县志》记载，"关岳庙又称武庙，本为关帝庙，在城西门外大街路北，正殿三楹，后殿五楹，大门三楹，钟楼、鼓楼各一。路南乐楼一座。清康熙二十一年（1682）知县郑绣建，后屡经晋商捐资修建后，作为山西"。

海州知县郑绣兴建的关帝庙虽然建筑宏伟，风格独特，然而却是一

　　首先映入眼帘的是会馆的主体建筑大殿，在通往大殿的青石小路的两旁，两匹石雕骏马傲然矗立，栩栩如生。顺路直行就是大殿，也叫正殿。殿前一块铺地石上，刻有"同治十一年（1872年）六月六日立山西会馆建，石匠张名杨刊"的字样。

座未完成的建筑，前后殿建成后，因资金不足停建了。有人说，不知道知县郑绣当年兴建关帝庙时是否想到，一百多年后，晋商会轻轻松松抢了自己的风头？

据考察，目前在全国各种庙宇中，有 40% 是关帝庙，但在关帝庙中能够有如此规模的，只有两座，一座在山西关公老家，一座就是海城这座。

其实，重修关帝庙，扩建成山西会馆，晋商抢的不是风头，精心修建时，有的只是对关帝的默默尊崇和对信义的始终秉承。

郭家到海城的时候，已经是海城山西会馆运行近 100 年的时候，当时海城的行帮较多，山西会馆人气最旺，遂成为海城行帮中强势团体。山西会馆还设有"帮董"，都是山西在海城的经商大户，他们在同行中议定行情、市价，约束徒弟伙计，制定行约店规，调解纠纷，同时也组织壁垒、对抗苛勒、抵制外资本等。

"小金人"郭家儒长大时，家族依然保有着从海城到北京的庞大生意网，虽不及以往兴隆，但依靠管家和各店掌柜的打理还能维持，因年少就拥有如此大家业，郭家儒便有了"小金人"的雅号。

由于长辈对"小金人"从小就疏于教育，生活阔绰的"小金人"不关心家里的产业，他每天只知道吃喝玩乐，到后来干脆就染上了吸鸦片。郭"小金人"连家事都不管，就更不要说参加山西会馆的活动了。

鸦片的蚕食不但掏空郭家的家财，也摧残着"小金人"等这些郭家的东家们的身体，由于东家都不理家政，因此，郭家家族管理开始陷入混乱，郭家的佣人伙计们开始连吃带捞，而郭家的生意，在失去了东家这个主心骨后，没有战略，没有士气，逐渐衰败。

到了后来，郭家惨败，本来，郭家到"小金人"这时候，正是郭家财富的巅峰状态，但也恰恰是原来最风光的"小金人"，随着家财的散尽，加上他个人的不成器，他人生的最后三年，是在讨饭中度过的。

今天，海城的山西会馆依然辉煌壮丽，但是，作为当年山西会馆一分子的郭家却早已灰飞烟灭，留下来的，只是警醒世人的故事。

在当年晋商汇聚的辽宁海城，流传下来的固然有晋商的辉煌和仁义，但是，在民间，更多的，却是这个"小金人"的故事。

海城"小金人"的故事，对今天的海城人是个警醒，那么，对于今天的晋商呢？对于今天的中国商人们呢？

◆ 解析 ◆

在辽宁海城山西会馆山门中间上额有明显的三个大字"关帝庙"，山门两侧的墙壁上雕有阴文的"忠义"二字。在晋商看来，家庭内部的"忠义"应该是怎样的？

郭家的成功，是因为老辈人有手艺，有生意头脑，又能吃苦；郭家的衰败，是因为郭家在家族教育上的失败，作为后人不关心家里的生意，这首先就是失败；显然，一旦不关心、不尊重家族的生意，那带着钱的"小金人"就只会把精力投向花天酒地的生活享受。

当年，郭家在海城的迅速崛起，受益于近100年的山西人在海城的努力，海城山西会馆就是见证，但是，成功后的郭家后人，却没有继续凝聚在拜关公的海城山西会馆的旗下，不敬关公的"小金人"们，眼里多奢华，胸中无敬畏，结果，只能是迅速地衰败和消亡。

海城山西会馆每年举行年会一次，每月举行例会一至二次，遇有特殊事件会馆还会召开临时会议，还经常邀请海城内的山东会馆等共议经商大计。一般年会定于每年的农历五月十三日（"下雨节"，也是传说中关羽当年单刀赴会前磨刀的日子）即关帝庙会的日子。这样的年会，对于当地山西商人的发展无疑是十分重要的，想一想，忙于享受的"小金人"们哪有时间参加这样的年会？

获得财富的成功是受人仰慕的，但是，败家的人则更让世人警醒。

在家庭里头，忠义就体现在敬重父辈的辛劳，承续先人的事业上。

　　因此，即便生意大到当年"走到北京，都喝自己家的水"的海城晋商郭家，在老百姓的记忆中，也不是对他们财产的羡慕；流传在百姓口中的，则是"为人莫学小金人，为人远离小金人"。

◆ **思考题** ◆

1. "小金人"和当下的"小皇帝"有什么不同？

2. 时下飙车的"富二代"是不是小金人？

07 "万里茶路"新资本故事

【智】

福建下梅村打的是"晋商万里茶路起点"牌，那么，那些拥有晋商会馆的各地政府如何向下梅学习打出"晋商驿站"牌？

招商引资或者营销推广，不仅要打本地文化牌，更要打出"互动文化"牌，你想到了吗？

2006年5月17日下午2时许，随着一张红绸布被轻轻揭去，位于下梅村头的一块1人多高"晋商万里茶路起点"石碑，在细雨的滋润下清晰地展现在众人眼前，由此成为当地一景。

时隔两个世纪，因2006年初电视连续剧《乔家大院》在央视热播，使远在山西祁县的乔家大院与福建武夷山市的下梅村再次走在了一起。

两个世纪前，晋商便穿越千山万水到武夷山茶叶集散地下梅村贩茶，山西茶商原主要采买武夷山区的茶叶，茶市在福建省崇安县的下梅镇。初为散装茶叶，体积大，携带不方便，后将散茶压制成块，状似砖，遂名砖茶（亦称茶砖），当时在茶区采摘茶叶，就地加工。于是，晋商创办的砖茶作坊，成为江南的著名手工业，每年雇佣成千上万的农民从事此项茶叶加工。

晋商"万里茶路"在成就晋商事业的同时，也让下梅茶商赚足了钞

晋商万里茶路起点

票，现今仍保存完好的下梅村 30 多栋清代古民居就在向游客诉说着曾经的繁华。

从南方采购的茶叶，形成批量后，大都由水路运抵汉口，再由汉水北上达赊旗，从赊旗改陆路，用马匹驮运至洛阳，入太行，再经太原、大同分别到张家口或归化，然后穿越戈壁大漠到达恰克图或库仑，最终到达俄罗斯的圣彼得堡或莫斯科。在历史上这条茶叶之路中，赊旗是最重要的中转站。

晋商贩茶，一路北上，一路歇息在山西会馆，以汉口山陕会馆——社旗山陕会馆——内蒙古多伦山西会馆为主线，晋商几乎不用住别的地方，以会馆为驿站就可以把茶叶从福建运到俄罗斯去。

溯汉水而上，有仙桃市岳口镇山陕会馆（春秋阁）、荆州关帝庙等五六座会馆；到河南，有唐河县源潭镇山陕会馆（唐河第二高中）、社旗山陕会馆（关帝庙）等近十座会馆，相传，在唐河上远远地就可以看到社旗的山陕会馆。

另据山西的有关史料显示，在清末从山西到新疆乌鲁木齐数千里的路途上，山西商人只住会馆就能安全抵达了。

福建下梅村，几百年前，是晋商的努力让这个村落的茶叶北上，走进欧洲，当地因晋商来到而受益，今天，当地因晋商文化热而受益。不同的是，几百年前，当地的受益似乎有些被动，而今天，当地的受益则显得很积极很主动，从中也可以见出今日福建商人的商业敏感度和经商能动性。

晋商以自己朴实的商业实践，在获得了巨大的财富回报的同时，带动了经商所到之地的经济发展，甚至，这些努力至今仍在惠及地方。

著名经济学家梁小民在《小民话晋商》一书中写道："如果要画一幅晋商在全国各地活动的画，我想应该写上：'晋商走遍全国，商也富来，民也富。'"

梁小民认为，"在这种广泛的经商过程中，晋商不仅富了自己，而且还带动了当地经济发展，为富一方。"

与福建下梅村相比，当年晋商万里茶路途经的精美绝伦的山西会馆遗址并没有为当地带来有效的经济或文化促进，这些各地山西会馆的馆长们，或许，首先应该去福建下梅村去取取经？

◆ 解析 ◆

几百年前，山西商人在经商所到之处，盖下会馆，他们的出现，首先以投资促进了当地经济的发展，同时，盖了会馆之后，他们还常常公开唱戏，免费请当地百姓观看，与当地人达到了和谐共处的境界。

曾经有晋商会馆的地方，不是当时的物质资源储备丰富，如亳州的中药；就是交通便利，如聊城在大运河畔，晋商以传统贸易方式服务这些地方经济的同时，也实现了自己在商业上的成功。

晋商文化的一个重要特质，就是利他文化，在利他文化基础上的利己文化。

万里茶路上，晋商在利当地的同时，成就了自己。

现在，当年晋商的"智"——商业实践已经成为当地的重要文化。

时至今日，当晋商成为一个文化符号的时候，谁掌握了这个文化的精髓，这就掌握了自己的经济命运。

福建下梅村在市场经济中打出来的是一个本地与异地文化交融的文化牌，那就是万里茶路起点。

这个时代，很多地方政府或企业以打文化牌来营销地方，招商引资。

但是，我们看到的，更多的是，打本地的文化，挖掘本地的历史文化。

"万里茶路"上的新资本故事，谁来写就？晋商？还是-----？

◆ **思考题** ◆

1. 晋商的故事，在中国南部成为书写新资本故事的主角，这个新资本故事说明了什么？

2. 与下梅相比，晋商在各地所建的会馆更有价值，但这些会馆的价值为什么不能够发挥经济价值？

第三章
忠义的商业精神

（聊城山陕会馆）关帝正殿前，一副楹联高悬眼前："非必杀身成仁问我辈谁全节义 漫说通经致用笑书生空谈春秋。"楹联是歌颂关公的，但又处处落脚于"我辈"即商人自身。

能否这么翻译呢？没有到牺牲自己生命的时候，也不是烽火连天的战争年代，那么我们这些工商业者在和平时期，在各自的商务活动中要不要讲求气节、信义并使之完全完美？不要说通晓了全部儒家经典，能够经世济民，但不能让世人得利，那么这种空谈《春秋》、《左传》、四书五经的儒生们就应受到天下人的讥讽。

这副楹联是我看到的中国商人反映义利观念最早，最生动的文物、文献资料。

——中央统战部副部长胡德平

01 "六必居"古匾存会馆

【义】

个人的智慧是有限的，集体的力量是无穷的。晋商无论生意做得多大都首先认可集体的力量，因此，他们的生意越做越大。

从这个意义上来说，行业协会是一种组织，同乡商会也是一种有力量的组织。只不过，晋商以会馆的形式将这种联合的意愿固化下来，并提升到一种信仰的高度。

六必居酱园坐落在前门外粮食店街路西，它是全国闻名的老字号，不仅它的咸甜适口、味美的小菜人人称赞，而且店堂内挂着的，相传是明朝大奸臣、又是书法家的严嵩书写的结构匀称、苍劲有力的"六必居"三个大字的横匾。

六必居原是山西临汾西社村人赵存仁、赵存义、赵存礼兄弟开办的小店铺，专卖柴米油盐。

六必居名字的由来，有一个说法是这样的：俗话说，"开门七件事：柴、米、油、盐、酱、醋、茶。"按照这个俗语，这七件是人们日常必不可少的生活物资。赵氏兄弟因想到自己的小店铺不卖茶，就起名"必居"。

六必居何时创立，相传有曾任北京市委书记的邓拓考证的一段佳

-76-

话。1965 年一天，北京市委书记邓拓来到前门外六必居酱园的支店六珍号，他向原六必居酱园经理贺永昌借走了六必居的大量房契与账本，

通过这些材料中，邓拓考据出六必居不是创建于明嘉靖九年（1530 年），大约创建于清朝康熙十九年（1680 年）到五十九年（1720 年）间。雍正六年（1728 年），账本上记载这家酱园的最早名字叫源升号，到乾隆六年，账本上第一次出现"六必居"的名字。

1900 年，前门外发生大火，"六必居"被烧得只剩下两间房子，伙计张夺标从大火中把古匾抢出，并把古匾存在崇文门外东晓市的临汾会馆。后来，张夺标因护匾有功，被升为经理。

危难时刻，张夺标为什么会想到把古匾到会馆？

嘉庆十九年（1814 年），洛阳税收部门提高对潞泽梭布商人税收，引起晋商不满。潞泽会馆以商团名义告至官府，历时一年，几经周折，终于胜诉，减免了税收。此事使晋商在洛阳声势大振，买卖倍加红火，逐渐左右了洛阳商业市场。

山西商人为什么会聚集在会馆里？

北京一家山西票号的规程里写着：

"一人智慧无多，纵能争利亦无几何，不务其大者而为之。若能时相聚议，各抒所见，必能得巧机关，以获厚利。"

"即或一个力所不及，彼此信义相孚，不难通力合作，以收集思广益之效。兹定于每月初一、十五两日为大会之期，准于上午十一钟聚会，下午一钟散会，同业各家执事齐集到会，或有益于商日商务者，或有病于商务者，即可公平定议。如同业中有重要事宜，尽可由该号将情

洛阳潞泽会馆山门

乾隆二十一年（1756年）《关帝庙新建碑文》记言："洛阳城外东南隅之关帝庙，建自潞泽商人崔万珍等，规模宏远，状貌巍峨，极翚飞鸟芽之奇观，穷丹楹刻楠之伟望，捐金输粟，取次成功。"

告之商会董事，派发传单随时定期集议。"

山西人如何团结，总得找一个平台，那就是会馆。

◆ 解析 ◆

一个人的智慧和能力是有限的，纵然能够有所获利你又能获利多少呢？

几百年前，山西人就明白了这个道理。

这就是为什么能够在全国各地看到如此之多的遗留下来的山西会馆的根本原因。

山西人做生意，不想只做小生意，他们更想做大生意，而大生意就需要大气度、大合作，山西会馆就是大气度、大合作的平台。

晋商建会馆的一个重要功能，其实就是联合起来壮大自己的力量，不仅仅是商业上的经营能力，更有社会地位和政治地位的需要。

洛阳晋商之所以能够在税收上取得抗争的成功，根本原因是有一个会馆的组织。

类似这样的组织起来争取自己在商业上的利益，各地的晋商会馆都有类似举措。而联合争取这样的利益，也往往是会馆早期建设的目的之一。晋商认为，只有按地缘关系组织起来，才能保证"广其业于朝市间"。

日本人岩崎继生研究过晋商后曾称赞说："山西商人相互之间通过连锁关系，保持着一种团结局面，以便实现维护商业利益，防止同业间的竞争，在采购及销售方面相互扶助，处理纠纷等项目。乍一看，同其他的一般中国商人并无任何不同之处，然而仔细观察就可以发现，在资本流通等方面，其经营手段是十分巧妙的。"

从这个意义上来说，晋商在各地所建的山西会馆，其实就是一种连锁的商业关系网。

◆ **思考题** ◆

1. 晋商会馆所说的"一人智慧无多"有何现实意义?
2. 晋商的会馆和现在的商会有什么差异?

02 聚中有散，晋商的财富观

【利】

看看我们今天的财富教育，往往是舍本逐末。首先，人们不知道财富为何物，其次，人们不知道财富由何为。在这懵懂之中，人们为金钱所驱动，迷失于金钱之中也就不足为怪了。

明朝山西曲沃富商李明性年少的时候，因为长兄李明善不善治理生计，父亲又乐善好施，家境日渐拮据，所以明性不得已半途辍学。当时，李明性是个十分有志向的少年，他希望能够一生过得有价值有意义，但是，面对生活的艰辛，他很快就明白："身为六尺男儿，虽然力不能耕，但也不能总是依靠父、兄生活。"

明人沈思孝在《晋录》中也说："晋中古俗俭朴，有唐虞之风。百金之家，夏无布帽；千金之家，冬无长衣；万金之家，食无兼味。"按照我们现在的观点来看，家里有钱而不吃香的不喝辣的不穿好的，人生图了个啥？可以说，山西人是"抠门"的。

无论是李明性个人还是晋中的俭朴风气，背后的核心是晋商的财富观念。

晋商的财富观表现在以下几个方面：

一、财富第一重要。

晋商在很多年前就意识到作为社会人生存之第一要务，就是要拥有自己的财富。毕竟，自从私有进入社会以来，财富就成为人们在社会中生活的基础。财富可大可小，但，没有财富是万万不能的。晋商从小就接受教育，要去谋取财富。从山西人多经商来看，关键不是山西人多聪明，而是山西人的财富观：人生第一要有财富。

李明性的感慨，典型的代表了山西商人对财富的看法，财富是人生第一重要的，否则，就要"靠父兄生活"。

生而为人，"啃老"、"啃长"是不可行的，也是可耻的，人生就要积极奋进，靠自己的努力养活自己，所以，财富第一重要。

二、财富是小钱。

人们总说，山西人抠门，其实那不是山西人抠，那是山西人在尊重财富。

为什么说抠门是尊重财富，因为山西人的财富观念中，财富首先是小钱。晋商则通过自己的商业实践把这个观念演绎到了极致。

财富是小钱，在晋商的商业实践中表现为几点：

一是买卖从小做起：山西人做买卖不贪大，有钱赚就可以做；

二是买卖精明在小钱处：这精明，也往往是表现在小钱上，例如，山西人做买卖常常让利给对方，其实让的肯定是小钱，因为小钱也是钱，这是山西人做买卖让利的根本原因；

三是计较处也往往在小钱：山西人做生意，往往喜欢自己吃点亏，只要有的赚，吃点亏也无所谓，但是，如果对方让自己吃的亏多了，虽然是小钱，山西人也绝对不干，这生意宁肯不做了，为什么？你想，对方连小钱都不让你赚，还有大钱赚吗？所以，不如就不做了事。

风靡全国的电视剧《乔家大院》中塑造了一位代表山西人"抠门"

乔家大院大门

乔家大院先驱乔贵发背井离乡，谋生口外。他自幼父母双亡，下决心出走，竟走出一纵横大半个中国的巨商，以至有了流传至今的"先有复盛公，后有包头城"的谚语。到乔家第三代乔致庸，风风光光地回到故乡，驰骋万里，竟回归成这一座魂牵梦萦的宅院！

的"天下第一抠"陆大可，但是，陆大可真"抠"吗？不，那是他对财富的尊重。

三、财富是积累。

山西人聚财。前面说，财富首先是小钱，小钱积聚多了，就成了大钱，大钱多了才是财富。我一直有个思想，什么叫财富，只有多得花不完的钱才是财富，能够数得清楚的钱那都叫钱，在山西人看来，那都是小钱。

积累，是山西人财富来源的根本保证。以山西大院为例，为什么那么多的钱都要运回山西，因为只有在自己家中这些钱才可以放心地存放起来，积累起来。山西人能够开出当铺、票号，但是却把自己的钱存在大院里，为什么，那是要积累。没有积累的钱，那只能叫钱，不能叫财富。山西大院里常常有银白菜、大元宝等，那才叫财富。金银是硬通货啊。看看今天的所谓富人，有几个有硬通货的，因此，财富是需要积累的。

因为山西人懂得财富是积累的道理，所以才能够积聚500年而成商业辉煌成就。

四、财富是散中的聚。

我们可以看到，晋商往往喜欢接济乡亲邻居，尤其是在出现困难的时候，这也是晋商散财富的一种。例如大荒之年，晋商往往开仓放粮，周济乡亲。例如榆次常家，竟然在大荒之时开仓放粥达一个多月。甚至，为了怕乡亲们不好意思，出以盖戏台的名义，结果，戏台总是盖了拆，拆了盖，一直到大荒过去。这种散，现代叫慈善，不过类似这样的慈善之举，大概现代社会也是很少看到的了。这也是晋商财富散的一种。财富积累，是聚，但同时肯定有散，晋商的财富观中认为财富是散中的聚。

此外，晋商给掌柜和伙计以身股，也是一种散财的方式。

五、财富必须是义财。

晋商的财富，都是通过正当的生意来的。晋商做买卖讲究以义制利，做买卖赚的钱也是义钱，由此积聚起来的财方为义财。

晋商讲究对客户的忠义，挣的就是义财；他们绝不欺骗客户，因此，才能够获得客户的长久信任，从而获得长久的财富积累。

只有是正当的钱，才可以积累下来，才可以成为财富。古往今来，凡达数百年有财富者，往往是正当财富；凡是不正当的钱，即使再多，也不过如露水一般，太阳一出现，就消失了。

◆ **解析** ◆

老百姓讲"开门七件事：柴米油盐酱醋茶"，说到生活我们常常讲"衣食住行"，在一个商品社会中，这些都是商品，没有财富，生活就成问题。所以，财富是生活中第一位的。

无论是读书还是劳动，目的就是为了财富。晋商在很多年前就意识到作为社会人生存之第一要务，就是要拥有自己的财富。毕竟，自从私有进入社会以来，财富就成为人们在社会中生活的基础。财富可大可小，但，没有财富是万万不能的。

因为财富是第一要务，所以，晋商从小就接受教育，要去谋取财富。从山西人多经商来看，关键不是山西人多聪明，而是山西人的财富

观，不用说，这财富观首先是人生观的一部分：人生要有财富，所以，人生观中，财富观是第一要务。

有正确的财富观才会有健康的人生观，因为，没有财富为基础，所有的礼仪廉耻的教育都是不可能的，或者说是空中楼阁式的。因此，为人在世，首先要树立正确的财富观，从这个意义上来说，晋商财富观首先就是财富是第一位的。

做人要有人生观，做经济人要有财富观。经济的国家要有国家的财富观，经济的人要有个人的财富观。生活在市场经济中国的我们，要有属于自己的财富观。

以今天的眼光来看明清的晋商，我们不仅仅要看到人家的银白菜、晋商大院这样的财富，更要了解到人家的财富观。

◆ **思考题** ◆

1. 你有自己的财富价值观吗？是什么？

2. 企业是否也可以有对财富的价值观？企业的财富价值观应该是什么？

03 "三利"：义利、群利、和利

【利】

当我们在商场上、在人生道路上获得好处、获得利益的时候，想一想，看一看，这都是些什么样的利？利从何来？

如果没想明白，也许你目前顺利，但其中正隐含着你看不到的风险。

明代山西蒲州商人王文显说："夫商与士，异术而同心。故善商者，处财货之场，而修高明之行，是故虽利而不污。善士者引先王之经，而绝货利之途，是故必名而有成。故利以义制，名以清修，各守其业，天之鉴也。"

这句话说的是，商人和做官的，其实道理是相同的，因此，善于经商的人，要能够在充满利益的商场中，有高明的修养，这样，才能够出入利益场所而不受到迷惑，说透了，就是不会眼里只有钱。善于做官的，往往学习先人，不在金钱上下功夫，故而修得好名声，做了好官。因此说，做生意的，不要发不义之财，当官的，操行要干净美好，各做各的，上天都是明察秋毫。

晋商著名字号大盛魁，在选取合作供货商的时候，开始只听对方报价。如果合作方报价公道，大盛魁就与对方长久往来，并以商号的"相与"对待；如果对方报价不公道，大盛魁从此就永远不再与对方进行任

何合作。

台湾首富祖籍山西的郭台铭说："和晋商打交道，你会发现他们有一个共同特点，非常遵循商业伦理。山西人做生意不讲'零和'而讲'双赢'。比如眼前有3个面包，3个面包我全吃掉，一点渣也不给你留，这是零和；但是我吃两个你也可以吃一个，这就是双赢。山西人做生意，眼光长远，精明但绝不失厚道。"

商人本为利，不为利的商人是虚伪的商人，起码是不成功的商人。但是，谋利的商人却因对利的理解和看法不同而成为不同境界的商人。

在晋商的商业伦理体系中，核心就是利的三种境界，即"义利、和利、群利"。

"义利"。中国传统的道德是重义制利，"君子喻于义，小人喻于利"、"利从义生"、"群体本位"等伦理道德观对晋商有着深刻的影响。

晋商顺应社会形势发展的需要提炼出既符合传统，又具有时代进取精神的义利观，即以义统利，见利思义，义利两通，所谓"仁中取利真君子，义中求财大丈夫"，把义和利统一起来，让利服从于义。

这样的利是义利。

"和利"。"与人相对而争利，天下之至难也"。

历史上，山西票号，财大气粗，其势力几乎左右全国的金融市场。它有得天独厚的竞争优势，但票号既不欺行霸市，也不以势压人，而是同舟共济，互利互惠，尤其是对一些资金少、规模小的钱庄、店铺、典当、账局，他们不但不排挤，反而不时给予资金上的资助。

"和利"哲学其实是一种公平竞争维护市场秩序的哲学，大家都有钱赚，市场才能正常；反过来，市场正常，大家都有钱赚。

"群利"。晋商赚钱不独享。在晋商的商业伦理世界中，讲究的是市场竞争主体中大家都有利可图。

"相与"文化是晋商文明中典型的"群利"特征。在晋商中，商号的友好伙伴称为"相与"，但成"相与"，必须善始善终，同舟共济。他们不乱交友，需经过了解，认为可以共事，才与之银钱来往，否则婉言谢绝。对于"相与"，晋商尽心竭力维持，即使无利可图，也不中途绝交。

晋商的"群利"商业伦理，还独特地表现在内部人的集体获利上。晋商在人事劳资上首创的"人身顶股制"，在商业伦理上的本质就是"群利"的思想：蛋糕，想独吞，那就很难做大，若做蛋糕的人无利或对利不满意，最终将是无人做蛋糕。

◆ 解析 ◆

利字当头一把刀。

商人从商图的就是利，但是，商人如何对待利益则直接决定着商人所获取利益的多寡和久暂。

义利决定你的获利能够持有多久，不义之财是不可能停留太久的，更多的时候，不利之财将带给人灾难；

和利决定你的获利环境的和谐程度，外部环境的完好与否，和谐运转的获利环境将给你带来滚动的利益；

群利决定你的获利渠道有多宽广，大家都有利益，大家就都愿意跟你分利，只有渠道不断增多，利益才会越来越多。

晋商很讲究这些商业利益的伦理，在利益上面有自己独特的价值观，这个商业价值观体系，是成就晋商商业帝国的根本支撑。

◆ 思考题 ◆

1. 为什么说"利字当头一把刀"？
2. 如何把握个人利益和他人利益的关系？

04 老晋商：与顾客亲如一家

【和】

做一次好事不难，难的是做一辈子好事。同理，顾客上门，笑脸相迎不难；难得是每一次顾客上门，我们都笑脸相迎。

晋商商谚有云：货有高低三等价，客无远近一样亲。

2007 年，山西会馆网组织了一次"走晋商古道，体验晋商精神"的活动，途经平遥的时候，我们拜访了一位当时在天津晋商商号工作过的老晋商，就是这一次拜访，老晋商给我们讲述了一个"晋商与顾客亲如一家"的真实的晋商经营案例。这次拜访，有两件事让我们感慨颇深，亲身感受到中国传统商业文明的魅力。

老晋商姓张，十几岁就从平遥到天津商号学徒，后来做会计，解放后回平遥工作。

初次见面，老张已经八十多岁了，但是，坐在椅子上，老人身板直立，坐姿端庄，神情和气而不失严肃，我们深感震撼。老张的爱人老太太的介绍让我们明白了一切，她说，这一切都是掌柜们的教导有方。原来，晋商商号号规极严，每个学徒进入商号后，都要从最基础的工作做起，而掌柜和号内的前辈，更是对学徒言传身教，从一点一滴教起。因此，即便八十几岁了，老张依然保持了良好的待人接物的习惯，这一

曾经商业繁华如今
旅游热闹的平遥某宅院
夜景。

切，都是受益于在商号做学徒时所学所得。

老张退休后，大约在七十几岁的时候，在平遥县城里自己开过三年的小铺子，主要经营首饰等女性装饰用品。那时候，平遥还只是一个普通的县城，小铺子所处的地段也相对偏僻，尽管如此，老张却用自己年轻时候在晋商商号里的所学经营得井井有条，铺子很快在当地有了知名度，很多顾客都是口口相传，闻名上门的。

关于这段经历，我们问张老先生有什么经营上的诀窍。他说，其实也不是什么诀窍，都是以前晋商做买卖遵循的大致原则。一是关于经营产品的原则，进货要进最好的货，进货要精明、锱铢必究，卖货则不必太计较；二是对待顾客要像对待亲人一样，和顾客亲如一家人。

晋商经营的故事，我们也曾听过很多，看过很多，似乎，故事总是有点虚幻，但是，面对张老先生这位真正出自晋商商号的老晋商的时候，面对着张老先生的言谈举止，聆听着张老先生的言传身教，我们知道，"与顾客亲如一家、进最好的货，买要精、卖要傻"等等这些看似简单的经营理念，正是当年晋商成为中国第一大商帮的真正诀窍。

◆ 解析 ◆

大道至简。真正的财富恰恰孕育在一些最基本的商业实践中，几十年如一日，当年掌柜的培训和教导，几十年后张老晋商依然坚持与顾客亲如一家，这些道理，听着简单，做一次简单，日日坚持，则绝非易事。

请看晋商学徒歌——

> 黎明即起，侍奉掌柜；五壶四把，终日伴随；
> 一丝不苟，谨小慎微；顾客上门，礼貌相待；
> 不分童叟，不看衣服；察言观色，唯恐得罪；
> 精于业务，体会精髓；算盘口诀，必须熟练；
> 有客实践，无客默诵；学以致用，口无怨言；
> 每岁终了，经得考验；最所担心，铺盖之卷；
> 一旦学成，身股入柜；已有奔头，双亲得慰。

这里要求做好的，无一不是小事，但做好这些小事并将其做成习惯，水滴石穿，水到渠成，巨大的财富就是这么一点点积累起来的。

◆ 思考题 ◆

1. 你怎么理解"跟顾客亲如一家"？
2. 老晋商从小接受的培训为什么能够终生不变？

05 晋商大院"富 N 代"

【智】

看晋商大院，不仅看它的雕梁画栋，或看它的陈设摆置；还要看它的牌匾对联，看它的家训家风，以及支撑起整个家族荣华的商业文化。

中国有句俗话说"富不过三代"，然而晋商乔氏却能兴盛二百多年，繁荣七代人，这主要归功于乔氏历代家长以德治世、以儒治家的思想。

今天，我们参观乔家大院，从大院中"不泥古斋"、"不拘今斋"、"昨非今是斋"、"不得不勉斋"、"自强不息斋"、"一日三省斋"、"退思补过斋"等乔氏子孙斋名，从乔家不准纳妾的家训，以及夫妇分房而居，定期相聚等规定中，可见乔家鼎盛时期家教之严、之实，由此，我们发现，乔氏不仅是商界的成功者，也是成功的教育家。

家族企业的基础是家族，家族的基础是家族文化，家族文化的基石是家训和家风。建立永续经营的家族企业，要有一个家族文化的良好基础。

参观山西各地的晋商大院，我们可以发现更多类似的楹联，如王家大院有"束身以圭观物以镜，种德若树养心若鱼"，如常家大院有"三坟五典都是日常家用，四书六经原本济世文章"（体和堂联）等。

近年来，晋商主题话剧《立秋》在海内外公演数百场，国家领导人亲临观看，其中有"天地生人，有一人应有一人之业；人生在世，

山西榆次常家庄园之静园

飞檐斗拱，雕梁画栋之外，参观者还能看见些什么？

生一日当尽一日之勤"的晋商古训，就是晋商家训的典型。

晋商能够在明清之际成就数百年商业辉煌，走的是家族企业的模式，核心是家族文化的支撑。

严明的家训背后，是共同的价值观；有效的家训背后，是家族成员的共同价值观。

英国马歇尔在《商业信用》中说，"大商人很受人们的尊敬；其中许多人继承了好几代以诚实地做大生意而赢得的声誉。"能继承好几代的价值观，在晋商这里、在中国传统文化中，就是代代相传的家训。

常家"体和堂"土地堂砖雕影壁的"载德"砖匾
　　砖雕对联为："三坟五典却是日常家用；四书六经原本济世文章。"可见晋商以"载德"的儒学思想贯穿自己的家族文化。

◆ 解析 ◆

以今天的中国民营企业来说，创业一代往往经营的是传统产业，而新一代往往接受的是西方企业管理经验。

这些新一代往往在学成归来后，转向自己所学到的时髦的投资、新经济等方向，这些方向不是不好，但是，如果纯粹转向，对家族企业的持续发展显然是不利的。

如果认真关注，我们会发现，西方金融巨头，也往往是百年的积累。做企业，专注很重要，坚持很重要。专注和坚持背后，必须得有共同价值观。

因此，现代民营企业，逐步摸索适合自家实际的家训、家风，对于打造百年家族企业来说，是一件不可忽略的战略之举。

◆ 思考题 ◆

1. 晋商家族文化体现在晋商大院，现代人如何在现代住宅中体现自己的家族文化？

2. 企业文化可以向晋商大院文化学习什么？

06 《茶道青红》：东家的味道

【智】

做东家，一要肚量，要敢于让他人来运作自己的资本；二要眼光，要有识人用人的眼光。所以，从东家意识到东家，也是一个艰难的成长过程。

2009 年 1 月，作家成一推出了自己的新作《茶道青红》，小说典型地再现了中国晋商从家族成员亲力亲为打理家族生意到邀请职业经理人做大掌柜而家族成员退为东家的历史进程。

康家从雍正年间起就从事恰克图的茶叶外销生意，按照传统，东家

是要兼任大掌柜的，任何事情都要亲历亲为，号内的掌柜只能是东家的帮手。

然而，康家到康乃懋兄弟这一代，兄弟二人才能平平，他们的下一代，则更显少不更事，尽管如此，由于茶号运行多年，由相对能干的老二康乃懋全线掌管内茶（青茶）和外茶（红茶）两个商号，一切尚算正常。

然而，这一切的正常，都在乾隆四十四年被彻底打乱了。

由于一起边境纠纷的处理争议，清政府把恰克图口岸关闭，停止两国贸易。康家的现任掌门人兼茶号大掌柜康乃懋被困在俄罗斯境内无法返回，其兄康乃骞因为能力实在有限，当然不能接手，其子康全霖因年少也不能接手。在这种情况下，只能由康乃懋夫人戴静仪接手大东家兼大掌柜。

戴氏接手的时候，少东家康全霖因为对家族商号的情况有深入分析，已有请号内掌柜出任大掌柜的想法，于是，就与母亲商议。

但是，由外人掌管自家的生意，这毕竟是不合祖上留下来的规矩的，这样的事情，毕竟不能操之过急。

随着外销茶叶被禁止，康家商号的日子一天比一天艰难，戴氏自感能力不支，借机让冯得雨等原来的掌柜暂时升任大掌柜，先把自家做红茶的商号的经营管理权全权交出。

由于康家青茶（内茶）的生意事实上一直由红茶（外茶）商号代管，当外茶的掌柜全权负责后，内茶商号的经营管理变革已经迫在眉睫。随后，内茶商号也开始实现由外人担任大掌柜全权负责。至此，康家商号由外人担任大掌柜进入全面试验阶段。

晋商两权分离的做法由此开头，大掌柜冯得雨等，眼看康家受到艰难时势的影响，加上已经故去的康老东家的重托，为商号的事情鞠躬尽瘁，力挽狂澜，几年后，边境封关取消，外茶生意开放，康家生意因为掌柜们的提前准备，获利颇丰，重新走上正常轨道。

被困境外的康乃懋回到家中，康家茶号的生意已经完全由外人做大掌柜打理了，经历了一番曲折，身心疲惫的康乃懋最终意识到，依靠康家自己的儿孙掌握茶号，终究是有局限的，自己这一代人本身就不如父亲，自己的下一代，虽然不太逊色，但终究也不是特别的能干，而两权分离的模式运行几年过来，康家的茶号生意并没有比以前差，相反，掌柜和伙计们是更尽心了。

忠义的资本
晋商是个好榜样

茫茫戈壁滩上的晋商古道

从此，康家茶号正式施行两权分立制度。

《茶道青红》，以历史小说的笔法，形象地再现了晋商确立两权分立制度的过程，这个过程，是客观的现实逼迫出来的，是晋商在长期的经营过程中的经验积累的智慧选择。

东家的味道，可从《茶道青红》中好好地品一品。

◆ 解析 ◆

由于历史的原因，目前，中国的民营企业基本上没有形成家族模式，更多的还停留在家庭模式上。

家庭模式和家族模式简单地说，首先是人数有限，家庭就那几个人，而家族的人显然要多得多；其次，家庭的价值观不够稳定，家族则形成相对稳定的价值观。

因此，当前的中国民营企业，更需要及早树立东家意思。

树立东家意识就是要尽可能地吸收优秀的社会人才资源，这个吸收的核心，就是要及早实现两权分离。

◆ **思考题** ◆

1. 作为东家，放手让别人经营自己的企业有多难？

2. 为什么说东家是逼出来的？东家意识对现代家族企业经营有何启示？

第四章
信义的运营模式

晋文公攻原，裹十日粮，遂与大夫期十日。至原十日而原不下，击金而退，罢兵而去。

士有从原中出者曰："原三日即下矣。"群臣左右谏曰："夫原之食竭力尽矣，君姑待之。"公曰："吾与士期十日，不去，是亡吾信也。得原失信，吾不为也。"遂罢兵而去。原人闻曰："有君如彼，其信也，可无归乎？"乃降公。卫人闻曰："有君如彼，其信也，可无从乎？"乃降公。孔子闻而记之曰："攻原得卫者，信也。"

——选自《韩非子·外储说左上》

"大商人很受人们的尊敬；其中许多人继承了好几代以诚实地做大生意而赢得的声誉。"

——英国 马歇尔《商业信用》

01 "人人都可做东家"

【仁】

对于企业来说，人，是第一位的要素。

老板对经理和员工最真诚的举措，就是让他能够从你的利益中分红，那就是给他人力股。人力股，是企业家打造铁桶一般团队的最佳利器，是老板在企业内部最大的仁义之举。

1823 年，在山西平遥，东家李大全和掌柜雷履泰将西裕成颜料庄改组为日升昌票号。

改组之前，因为股份的问题，两个人讨论了很久。

把西裕成改组为票号的主意，是雷履泰想出来的，具体的制度也是雷履泰设计出来的。

对于雷履泰的主意，李大全其实想了很久，但是，思来想去，他觉得雷履泰的想法还是值得冒险。

李家做颜料生意也是很多年了，应该说，李家在颜料生意上，下一步也不会有什么太大的发展了。而且，近几年，给老乡们捎带兑银子的事情，他也是知道的，银子带着不方便，用银票的方法给大家捎银子，还真是个很巧妙的办法，也亏得雷履泰能想出来，想到这李大全就偷乐：呵呵，以后咱家的纸就可以当银子使，方便了大家，自家还能赚到钱。

不过，李大全还有自己的一点想法，这生意做到现在啊，再也不能跟掌柜们分得那么清楚，尤其是这个新生意，所有的主意和想法全在雷履泰一个人的脑子里，只有他最清楚这个票号怎么做，毕竟，这是一个全新的生意。

李大全的想法是，这个日升昌啊，要给雷履泰一半的股份。自己虽然出钱，但是，这一次出钱跟以往不同，以往的生意，掌柜都干过，无非是谁更用心更出力，那时候，东家的钱是关键，掌柜是辅助的；可这一次不一样，钱固然重要，但是，掌柜的因素将直接决定票号的成败。

很快，李大全就把这个想法跟雷履泰沟通了。

东家开始一说这个想法，还真把雷履泰吓了一跳，心想东家这是什么意思，怕我不用心做吗？他连忙表示，股份的事情不是关键，东家给的薪酬已经很不错了，自己一定会把票号做成功做好。

李大全说，不是那个意思，做生意这么多年了，我还真想借着这个机会动一动，这座生意赚钱，不应该只是掌柜伙计们劳累，东家坐享其成。

雷履泰说，东家是出了银子的，怎么能叫坐享其成呢。

李大全说，雷掌柜你好好考虑考虑吧，这股份的事情考虑不清楚，咱们票号开业的事情就先不能定。

话说到这个份上，雷履泰就不能不慎重考虑了。

在西裕成上班多年，作为亲历前线的掌柜，雷履泰当然知道其中的厚利，但是，那是人家东家出银子的回报，当掌柜的就应该是把自己的分内之事做好，毕竟，晋商的东家们给的薪酬还是相当丰厚的，要不，咱山西的孩子们怎么都要来学生意。

因为见过厚利，所以，当李大全真把这股份的事情提出来后，还真把雷履泰吓了一跳。但既然东家是认真的，那自己就必须严肃地考虑一下这件事情，这也是为东家、为票号着想。

把一半股份给自己？虽然票号的模式是自己想出来的，但这么做，那实在是大不合适。但既然东家想到这里，显然，也是希望以这种合作形式让票号的未来更保险些。

雷履泰想来想去，既然东家这么考虑了，干脆，就把东家30万两银子作30股，另外，自己、总号的掌柜、能干的伙计和分号的掌柜们一起，再立它30股，这另外的30股呢，只有分红权。

雷履泰把自己的想法仔细考虑了几天，就跟李大全汇报了。

李大全一听，说这个好啊，这样，大家都有奔头，大家都好，你这么一说，我倒还有个想法，现在的人要有股份，以后加入的人，也要有股份，但是，怎么个有法，你再琢磨个规矩。

雷履泰说，那这样，我们琢磨个规矩，回头给您说说。

很快，雷履泰就制定出了规矩，并起了个名字叫人力股。

日升昌开业当天，李大全就在号内给掌柜们宣布了人力股的办法，全号上下震动，大家一时间干劲十足，几个月的时间，日升昌的生意就走上了正轨。

日升昌票号首次提出"出资者为银股，出力者为身股"，使金融资本与人力资本实现了完美结合。在日升昌，李大全出30万两银，全30股，经营者人力股也为30股，投资人与经营人同股同利。这样李大全有钱，雷履泰等人有人力和管理能力，双方互有补充，互惠互利，相得益彰，实现了金融资本与人力资本双双增值，人人皆大欢喜。

从此，在晋商的经营历史上，一个全新的概念"人力股"开始出现，最重要的是，这个人力股的概念从根本上解决了东家和掌柜之间的对立状态，通过人力股，人人都可做东家。

近年来，在《山西文史资料》上发表的段占高《祁县复恒当从业亲历记》、《我所目睹的复恒当号规》记录了人身顶股制的诱惑力。

他1925年十四五岁时经人举荐进祁县复恒当学徒，挂牌子、站柜台、跑联络、值夜班，甚至还代吃官司，勤勤恳恳整十年，到1935年，终于顶了三厘生意，头一账一来就分了200块银元。

"人人都可当东家"的灿烂前景和强烈诱惑，使每一位票号中人都像段占高一样以饱满的热情全身心地扑在号事上。

◆ **解析** ◆

明清时期，晋商就懂得了以人力股的制度对团队进行激励和开发，但是，一直到今天，在实践中应用人力股的中国公司依然是少数。

为什么？

根本原因是大家还没有从思想深度上认识到人力股的价值。

人力股的价值在哪里？

首先，是对人的尊重。大家在社会上做事，辛苦奔波为什么，说透了，还不是为了钱吗？但，大家辛苦的结果，是利润都归了老板，自己只得了很少的薪酬。那么，人力股的出现，首先是老板对员工的尊重，而尊重，必将激发员工对老板的忠诚。

其次，是一种长效管理。俗话说，人心隔肚皮。员工，是很难管的。如何突破瓶颈，管理好员工？许之以利，什么样的利，共同的利益。晋商身股往往是几年才分配一次，这样，商号的稳定性大大增强，

员工的管理得以实现长效。

第三，是一种榜样激励。商号里，一定是有人有人力股，而有人没有。有人身股的员工或经理就是没有人力股的员工或经理的榜样。榜样的力量是无穷的，这样，在商号里就会有正气，这样的商业机构，自然，也就前途无量。

当前的中国公司，大多数的老板和员工之间似乎是一种天敌的关系，因此，互相防备，员工不忠于老板，老板不信任员工。所谓的一些期权之类的东西形成了一种变相的互相试探。

其实，所谓的股份，你想给你就真给人家，还搞什么期权；一旦股份变成海市蜃楼，换位思考，大家当然不爽，不爽的结果就是对公司的发展不利。

◆ 思考题 ◆

1. 李大全给雷履泰一半的股份意味着什么？

2. 当前的"期权"和晋商的"身股"对于员工的激励作用有什么差异？为什么？

02 十八岁海外设庄，开创新纪元

【勇】

"朋友请你过来帮帮忙，不过不要你有太多知识

因为这儿的工作只需要，感觉和胆量

朋友给你一个机会，试一试第一次办事

就象你十八岁的时候，给你一个姑娘"

——崔健《投机分子》

1876 年，申树楷出生在山西祁县申村，由于家里贫寒，考上太谷商业学校也不得不半工半读，三年勤奋，爱思考的申树楷成了学校里的小商业明星。

15 岁那年，申树楷经人保荐进入设在祁县城内西大街西廉巷的合盛元票号做学徒。进号以后，申树楷运用自己所学知识，再加上之前半工半读时候的一些生意经验，很快，他就在学徒中间脱颖而出，受到掌柜贺洪如的关注。

由于申树楷总能想到一些独特的生意解决办法，几年下来，号内的一些大小事务，他都有机会参加。整个山西票号业都对这个机灵而不失沉稳的小伙子有深刻的印象，东家郭嵘在外时常以申树楷为荣，申树楷几乎就成了合盛元票号的一个代言人。

1894 年中日甲午战火延烧到营口，随后，日本北据营口，替代了沙俄对营口进行更加残酷的统治和疯狂的掠夺，合盛元票号营口分号业务陷于停顿。

消息传回祁县，东家郭嵘和大掌柜贺洪如连夜开会商量解决方案。营口分号业务停顿，分号掌柜已经把消息传回来了，总号该采取什么样的应对办法？商量来商量去，两个人也没想好。

突然，大掌柜贺洪如说："东家，要不，我们派申树楷去看看吧。咱们在祁县呆着，那边具体什么情况咱们也分析不出来，这个伙计虽然年轻，但是，确实有些胆识能耐。"

"啊呀，"东家郭嵘一听，"看看这，坏消息一来，咱都被懵住了。你这是个办法。年轻有年轻的闯劲，可这兵荒马乱的，这么个小伙计敢去吗？"

"呵呵，东家，俗话说，'养兵千日，用兵一时'，这个兵能不能用，这么一练不就知道了吗？"贺洪如说。

"有道理，那就这么定了，明天一早就把他找过来，一起谈谈。"郭东家如释重负。

第二天一大早，大掌柜贺洪如就把申树楷叫到了自己的房间。

东家郭嵘已经先在那里坐着了，申树楷一见，忙说："东家早！"说罢就站在一旁。

贺洪如说："树楷，你坐下吧。东家让我找你来，是有个重要的事情想跟你谈谈。"

郭嵘说："树楷，这几年来，你给合盛元出了不少力。辛苦了。现在咱们合盛元遇到了一个坎，大掌柜推荐了你，咱们一起议议。"

大掌柜贺洪如就把营口分号的事情前后讲了一遍，"树楷，你日常点子多，你看看营口分号该怎么办？"

平常，申树楷很少见到东家，因为，晋商的东家是很少到号里来的。一进门，他看到东家来了，就知道今天肯定是有相当重要的事情发生了。听大掌柜把营口的事情一讲，顿了一顿，他就明白了："东家，大掌柜，我以为，现在的首要问题是营口分号要不要撤？其次是，不撤，如何启动？"说完，他看了看东家和大掌柜。

贺洪如说，"树楷，你继续说。"

"好。"申树楷说，"那我就继续说了。兵火战乱，本来也是商家避不开的常事，这些年天下不太平，是咱们早已经知道的，可咱山西票庄也没见几个撤的啊。为什么？天下如何变动，咱们的生意还是要做的。我的意见，营口分号当然要继续经营下去。"

"继续经营？怎么经营？"东家郭嵘发话了。

"外国人进来了，世道变化了。咱们也知道，外国人的生意也进来了。外国人能做生意，咱们就能做生意。有战事是事实，但生意是不可能消失的。有人做生意，就有咱票号的生意。"

"那要派你去呢？"郭东家接着问。

"派我？"申树楷愣了一下。"东家信任，我申树楷愿意深入了解，把情况及时传回总号，请东家和大掌柜定夺。"

"好。"大掌柜贺洪如高兴地站了起来，"看来我们没看错你。你有此胆识，那就赶紧回家准备准备，尽快起程。营口那还停着呢。"

三日后，申树楷带了一个伙计，两个人就赶紧出发了。

这一年，申树楷刚刚18岁。

申树楷达到营口接管分号后，营口分号伙计一看总号派人来，大家的士气也就稳住了。

申树楷先是跟号内的伙计一一沟通，基本明白了号内的情况，原来，号内的情况其实并不严重，只不过是战事发生，跑了几户客户，但财务上的影响并不大，主要还是整体士气上的影响。因此，他先安定了号内人心，并择日结束停业，重新开业。

内部的事情解决了，申树楷马上拜会本地士绅以及包括军政等各界

张家口大境门

当年，晋商走东口就是到张家口。不知道，当年18岁的申树楷是否从此走过？

人士，一圈下来，他了解到，战争已经打完，日本人进驻，市面上已经恢复平稳。

内外环境了解完，申树楷开始了自己的"战斗"：一方面，他安排号内伙计大胆扩大业务，由于外部环境不稳，扩大业务反而扩进了一些优质客户，因为，敢在不稳当的市况下做生意的，恰恰是些有独特资源的优质客户；其次，他安排与日商和俄商开展竞争，这样，他的名声在日、俄商界也迅速传开。

一年以后，申树楷基本在营口站住了脚，随后，他看到了边境贸易的机会，就向总号报告希望能够扩大经营范围。

总号知道申树楷稳定住营口分号业务，就同意申树楷进行尝试。

1896年，申树楷在吉林的边陲城市丹东设立支号。不久又在朝鲜的新义州设立代办所。1899年，申树楷又将新义州代办所改为支号，并增设了南奎山支号。

立足东北，看到日商和俄商在当地大做生意，再了解到南洋群岛有不少做生意的同胞，还有，那时候，留日、留洋学生渐渐增多，申树楷的视野就放开了，于是，他向总号汇报，希望在海外开设合盛元的分号。

远在山西祁县的东家郭嵚和大掌柜贺洪如，眼看着这个当年聪明伶俐的小伙计把一个处于战火核心地带的分号经营得稳稳当当，心下自然十分欣慰。

本来把生意开到边境上，就已经前无古人了。现在，又要把票号开到国外去，这，东家和大掌柜还得好好商量商量。

合盛元到了东家郭嵚和大掌柜贺洪如这一代，本来就比较出众，这两位，东家和掌柜互相信赖，性情相投，都有胆量，更重要的，都有眼光，要不然，也不会把一个 18 岁的伙计派出去当掌柜。

因此，1906 年冬，在总号支持下，申树楷带着一班精干伙友，携巨款，赶赴日本神户创办支号。历经艰难，1907 年 4 月 30 日，合盛元银行神户支店正式开业，这也成为我国有史以来在国外开设的第一家银行。

半年后，申树楷又相继在东京、大阪、横滨及朝鲜的仁川等地设立了出张所。所有合盛元票号的海外支店和出张所都由申树楷直接统管。这些海外支店和出张所，除汇兑出使人员经费及官方留学生的费用等款项外，还为日本工商各界提供汇兑等服务。

合盛元票号在贺洪如、申树楷等掌柜的积极带领下，经过全体同仁的努力，业务日益繁盛，仅光绪三十三、三十四年（1907、1908），全年汇兑总额就在 2000 万元以上。即使在甲午战争后到辛亥革命前的逆境中，仍然得以发展，每次账期分红利每股最多达 14000 银两，少者也有 8000 银两。清王朝垮台后，军阀混战，山西票号损失惨重，纷纷倒闭，合盛元也未能幸免，终于在 1914 年宣告歇业。

1920 年，45 岁的申树楷告老返乡，在本村修建大院二宅，置地百余亩，开张了永祥泰杂货铺，成为申村富翁。

◆ 解析 ◆

很多个人和企业的成功，其实就在于不按部就班。合盛元的东家和掌柜在用人上就没有按部就班，因此，他们大胆启用申树楷。

但，反过来说，申树楷被大胆启用，也是自己日常努力才获得的机会。有志不在年高。这句话用在申树楷身上实在是再合适不过了。18岁就出任合盛元票号的掌柜，这在一般人是实在难以望其项背。

一个穷苦人家的孩子，读书都得半工半读，但，就是这样的家庭背景，并不影响他有雄心壮志。

勤劳聪明的申树楷是幸运的，他遇到了贺洪如这样的大掌柜，更遇到了郭嵘这样的东家。

郭嵘、贺洪如和申树楷，虽然角色、年龄不同，但是，他们的志向是相同的，具体而言，他们都希望能够把合盛元办好，都希望把合盛元办得更好。

18岁的申树楷，沉稳有致，他内安号事，外观市况，做生意不但紧盯营口本地，更把目光放至边陲，随后，更将视野放到国际。

因此，中国第一家海外银行就这么在一个年轻人的手中诞生了。

所谓创新，除了商业模式的创新，在商业上，其实，更重要的，是用人的创新。合盛元启用18岁的申树楷做掌柜就是典型的用人创新。

◆ 思考题 ◆

1. 尽管老板们都知道创新能带来巨大的效益，为什么创新却如此稀有？

2. 作为一个缺乏历练的年青人，申树楷的勇气从何而来？

03 "得人独胜者"

【勇】

做伙计，打工的，做职业经理人的，尤其是那些有着无限职场梦想的人，只要坚定目标并且努力前进，积极地创造机会、寻找机会，梦想一定能够实现。

做东家、做董事长、做总经理的，则要善于给人机会，往往是这些充满梦想的人，没有既往的经验约束，再加上无限的激情，反而往往能够创造特别的成功！

清朝后期，太平天国起义爆发，江南打乱，山西各家票号纷纷撤庄裁员。

这一天，从平遥蔚泰厚票号的总号走出来两名男子，两人出号后几乎一起回头，望着蔚泰厚票号的牌匾久久不动，过了一会，其中一位拍了一下另外一位的肩膀，说了一声："孟哥，走吧。里面再好，从此也跟咱们没关系了。"

说话的叫刘庆和，另一位叫孟子元，他们俩都是受太平天国起义影响票号撤庄时被裁减的伙计，在蔚泰厚票号中两人是好朋友。这是两人回平遥后，到总号来报个到，顺便也想看看号里还有没有其他的空缺。

"走吧，走了好。走了可以从此一身轻了。"孟子元应了一声。

很快，两人就消失在平遥大街的尽头。

一个月后，刘庆和和孟子元出现在了榆次聂店村富商王家。原来，刘、孟二人从平遥走后，两人一路琢磨，以后的路该怎么走？商量半天，最后决定，既然蔚泰厚票号不行了，那两人也别再琢磨其他票号，与其投靠其他票号，还不如自己另起炉灶。于是，就决定找想做票号的富商。这榆次聂店村富商王家，就是经人介绍过来的。

到了王家大门口，刘庆和抬手拉了拉门上的铜环。

门开了个小缝，一个声音传出来："找谁啊？"

"请问是王栋王财东家吗？我们是来拜会王财东的。"说着，刘庆和递进去一个拜帖。

大门关上了，很快，大门又开了，一个精干的小伙子跑出来。

"二位贵客里头请，我们东家有请。"

刘庆和、孟子元，就跟着小伙子进了院子。经过五进院子之后，他们看到廊下站着一个中年人。

小伙子说："那就是我们东家。"

刘、孟二人紧走几步，赶上前去，"刘庆和、孟子元拜见王东家。"

"幸会！幸会！二位请进！"说着，王栋把两位请进了书房。

"听说二位刚从江南回来，那边乱得很？"宾主落座，王栋先问了一句。

"是的，确实有点乱。这不，咱山西的票号撤了好多了。"刘庆和接应过来。

"听说你们俩想新起个票号。怎么想的？"

刘庆和看了一眼孟子元，孟子元说："我们两个，都是从小在蔚泰厚学徒的，做了这么多年下来，在票号生意中算是熟手了。赶上这一次时势变故，我们就想，干脆，还是单独顶一个新号出来。可我们二人都没那么多资金，这不，就想找您，听说您有这方面的意思？"

"既然是熟人介绍，我也就直说了。我呢，确实一直有这方面的想法，但一是本钱不足够，二来，也没有合适的人才。所以，也就一直拖着。"王栋边说，边观察两位来人。

"不知王财东现在可以拿出多少本钱？"刘庆和问道。

"我自己可以拿出 2 万左右，这恐怕实在有点少，但我可以再找个合伙的。够吗？"王栋说。

"票号一业，十分讲究本钱，不过，万事也没有绝对。本金少，其实也可以办起来，关键就看办的人了。"孟子元回答。

"那就这样，我呢，先去联络合伙的，咱们半个月后还在我这里见，如何？"王栋说着，端起了茶杯。

刘庆和、孟子元就起身拱手告辞。

离开王家，刘庆和和孟子元十分高兴，毕竟，一个月来的奔波总算有个结果，而且，要按时间，应该说是十分顺利的了。回去后，两人就开始筹划票号的开业及经营的相关事宜。

半个月后，刘庆和、孟子元如约来到王家，这一次，还多了一个人，王栋介绍，说是平遥县王智村米家财东米秉义。

四个人议了一上午，最后决定，由王、米两家联合出银三万六千两，作为本金，票号起名为

协同庆。

说到最后，米财东又说话了："早听王财东介绍两位，今日得见，果然青年才俊。定了做票号，我十分高兴，不过，我有个提议，现在说出来，希望二位不要介意。两位掌柜年轻有为，不过，作为股东，我还是希望能够有一位年长些的人来坐镇咱们的票号，这么说吧，我想有人再带带你们。我这也是为咱们票号考虑。"

刘庆和、孟子元二人一听，对望一眼，愣住了：这是哪门子事嘛，有我们俩才办的票号，现在又找个人领头？

见二人一愣，王栋赶紧接上话："这话，米财东先就跟我说过，绝对没有不信任二位的意思，他的意思，就是想找个年长的，感觉能给客户更多信任感。"

孟子元一看王栋这么说，知道这事情两位财东早已达成一致意见了，看了一眼刘庆和，就说："没事，那就按两位东家说的办。两位东家，能给我们这个机会，我们就已经很感激了。"

第二天，王、米两家就请来了年长的陈谦安出任大掌柜，刘、孟协助。

本来准备大干一场的刘、孟二人为了未来，也只好忍下。可是陈谦安虽然老成持重，但缺乏魄力，很快，两年就过去了，协同庆业绩平平。

过了不久，陈谦安去世。

当年提议请陈谦安的，本来就是米财东，王栋并不大同意。这一下，王栋力主由刘、孟二人主事，不要另找他人。米财东提议孟子元，因为孟已年近四十。

孟子元上任大掌柜后，他以自己二人的经历，深知让能干的人才发挥作用才是票号成功的保证。因此，他一方面与刘庆和密切合作，另一方面，广泛地发掘人才。很快，协同庆就出现了一大批干才，陈子弼、雷文山、梁廷绍、温仲献、张星斋、雷润堂等人，均为协同庆的发展立下了汗马功劳。

协同庆在孟子元的苦心经营下，日益兴隆。可惜，票号大局刚定，孟子元因积劳成疾病故。

当此之时，王栋、米秉义力挺刘庆和做了继任大掌柜。多年的媳妇熬成婆，刘庆和接着孟子元的布局，尽心尽力，硬是让协同庆获得大力发展。

原来，协同庆的资本金虽然不足日升昌银本的十分之一，只有天成亨票号的二分之一，但是，孟子元、刘庆和二人，紧抓资金周转快的业务，因此，协同庆此类业务吞吐量巨大，也因此获利甚多，成为山西票行中独树一帜的票号。

不过，协同庆的成功，根本还在于用人。山西著名票号改革家李宏龄在《山西票商成败记》中评价到："其以区区万金，崛起于咸丰末叶，得人独胜者，厥惟协同庆一业。"

◆ 解析 ◆

刘庆和、孟子元，是山西票号发展后期的人物。

他们赶上的，是票号发展的多事之秋，因此，即便在最著名的票号蔚泰厚，也会遭遇到失业的状况。

但是，失业对于那些心有梦想的人，很多时候，又是一种机会。

以刘庆和、孟子元二人来看，如果没有战事发生，他们两位，以蔚泰厚的实力和人力资源储备，恐怕，他们终老一生，最好也不过是个分号掌柜的角色。

其实，并不是刘庆和、孟子元没有能力，而是在蔚泰厚，有能力的人实在是太多了。

刘庆和、孟子元，恰恰又是那一批不幸遭遇的票号伙计中的幸运

者，他们之所以幸运，是因为他们在遇到危难的时候想的更多的是如何让自己更好，而不是怨天尤人。

因此，在得知老东家这边没有机会的时候，他们首先准确定位自己的目标——新办一家票号，然后就积极地寻找投资人。

果然，他们遇到了王栋和米秉义。

然而，刘、孟二人虽然具有著名票号的职业背景、二人也有强烈的职业愿景，但是，毕竟，刘、孟二人，即便是在蔚泰厚那里，也不是很知名的伙计。因此，他们的操作能力受到了米秉义的怀疑。因此，才有一个新的大掌柜的出现，他们两人一开始只能做辅助。

好在这个新的大掌柜业绩平平的同时也因为身体状况没能呆多久，仅两年多就给了孟子元、刘庆和执掌票号的机会。

这一次，孟子元、刘庆和把握了来临的机会，他们把自己资本金少的劣势变成了优势，专门做周转快的业务，迅速地成就了协同庆的未来。

更重要的是，有自己不得重用的职业体验，孟子元大力挖掘人才，放手让有能力有想法的人去做，最终，以孟子元、刘庆和为首的一批票号干才成就了协同庆的生意和丰厚的利润回报。

现代管理咨询之父、麦肯锡公司的马文曾指出："爱因斯坦说想象力比知识更重要。今天我们面临的问题已经不能用问题产生的思维方式来解决了。爱因斯坦说得太对了。咨询顾问一定要善于想象。如果不善于想象，分析也就没有了用处。我担心的是我们分析的时间有余而想象的时间不足。离开了想象力，我们就无法成大事。"

这句话说的其实就是孟子元、刘庆和这样具有卓越想象力的人！

◆ **思考题** ◆

1. 如果你是孟子元、刘庆和，所在票号倒闭怎么办？
2. 如果你的创意成果被别人拿走怎么办？

04 识大义"接济炉房"

【义】

同行是冤家，但是，一荣俱荣，一损俱损，也是同行业的真理。

没有不受损的行业，当行业出现问题的时候，要学李宏龄积极帮助同业；当然，如果是自己受损，可以积极寻找行业中的"李宏龄"。

1903 年，李宏龄正在京城主持蔚丰厚票号北京分庄。当时，经受八国联军侵略和掠夺，京城经济遭严重破坏，市面上一时谣言四起。

一日清晨，李宏龄刚刚起来，就听见有人敲门。

"进来。"李宏龄应了一声。

门开了，协理走了进来。

"李经理，市面上传来不好的消息。据说，客户现在都准备去炉房兑银子了。"

"甚？真有此事？知道了，我一会就出去转转。"

炉房原本是铸造宝银的手工作坊，后逐渐发展成兼营存款、放款、汇兑的金融组织。京城的银钱拨兑，全在炉房。如今市面不稳，受冲击的首当其冲就是炉房。因此，李宏龄早已安排伙计打探炉房的消息。

听到这个消息，李宏龄想，终于有动静了：毕竟，市面如此，没有动静那是不可能的事。不过，早有动静比晚有动静好，早有了早应对，

也就早过这一关。

李宏龄首先去了最近的一家炉房，跟炉房经理一聊，还真有客户打招呼说要兑换现银，再问同业，说是前一天晚上炉房的一些经理也聚过了，大家伙都为这事情犯愁了。

告别炉房经理，李宏龄就去了大德通票号，一问，经理也出去打探市面行情去了。

从大德通出来，李宏龄又去了日升昌。日升昌的几位经理正在商量这件事情，显然，他们也是得知消息了。

回到号里，李宏龄马上召集大家开会。

"该来的还是来了。市面上的消息已经证实了。咱们议一下对策。"李宏龄先把自己跑了一圈的事情大致说了一下。

"这几年时局不稳，兑换频繁很正常。不过，就怕发展成挤兑啊。"协理说了一句。

"关键还有一个，炉房和票号说起来也是同业，炉房如果出现危机，对咱票号实在不利。"账房说。

大家的意见，说到最后，还是莫衷一是。确实，时局动荡，已经影响太大。总号近来常常议的，则是，是不是应该都撤分庄了。

当天晚上，李宏龄仔细琢磨了整个事件，派伙计约日升昌、大德通等几家山西票号，共同商议一下对策。

隔天上午，山西各家票号的京号掌柜，聚集在日升昌开会。

作为会议的召集人，李宏龄提了一个主意——

"炉房的问题，其实已经是关系到咱们票号生意的直接问题，毕竟，咱们家家都有银子存在炉房。炉房出现危难，咱们票号就将遭遇连锁危机。因此，我有个想法，咱们山西票号是否应该联合起来，支持一下炉房，让炉房一起度过这个危机。毕竟，生意场上，我们有时候不能光想着明哲保身，只有大家的生意都好，有好市面了，咱们才能有发展。"

这个主意一提，会议立刻炸了锅。有小号就在下面嘀咕了，你们大号实力强，有什么闪失能够应付得起，可我们小号可是不敢有半点疏忽啊。还有的说，话是这么说，帮炉房度过危机票号省得受牵连，可是万一市面太差，把咱票号也搭进去呢？

李宏龄是自己敢拿主意的主，其实，他来开会之前，就已经想好了。别人做不做，自己肯定是要做了。但是，别人做不做，自己可是一定要把这话说在前头，毕竟，市面还是大家一起捧起来的，其实，现在市场缺的是信心，不是真缺

银子，自己采取这个措施的目的也不是为了把银子借给炉房，而是希望让市场通过这个对炉房重生信心。

几天后，蔚丰厚票号将巨资转入日常相与的几家炉房，很快，这几家炉房的状况就发生好转。

见状后，日升昌、大德通也纷纷聚资接济相与炉房。

至此，市场一看炉房资金量如此雄厚，兑换之风迅速消失，京城炉房重回安定。很快，这些资金就又重回各家票号。

但是，李宏龄接济同行的义举，迅速传遍了京师。

大德通茶庄在山西的旧址，后改为票号。大德通改为票号后迁总部到北京，在今北京崇文西打磨厂街，该地址现为某部队招待所。

1908冬，光绪帝和西太后两宫先后去世，京城银市再次动摇，炉房再次出现危机。这一次，有了上次的经验，李宏龄很快就联合同业给予支持，京城银市迅速地得到了稳定。

◆ **解析** ◆

所有的生意其实都有一个产业的链条。

在这个链条上，任何一个部位的受损都于整个行业无益。

但是，大多数的经理，当看到自身行业某一链条受损的时候，想到的第一件事情就是自家怎么办，如果危机到了自己身上怎么办？

京城炉房出现问题的时候，京城票号首先考虑的就是自己怎么办？

因为，往往，行业链条上的某一部分出现问题的时候，大多也是行业整体遭遇危机的时候。那么，是明哲保身，还是联合同业积极应对？

李宏龄显然是选择了后者，当然，更重要的原因是，他深刻地明白，所谓的危机其实都是伪危机，而不是真危机。

那么，伪危机下怎么办？

李宏龄的方法是联合同业，对出现危机的部分同业进行联合救助和支持，当然，迅速得到救助的部分链条的好转，事实上形成对整个行业稳定的最有效的支持。

行业如同人体，部分链条如同部分肌体。

如果部分肌体生病，不及时进行医治的话，那面临的问题就是整个人体都会受到威胁，从而最终导致生命出现危机，到那时候，就很难救治了。

李宏龄对炉房的救助，其实就如同医生在治疗病人一样，有病了，就要治，不能等和看。等和看的结果就是贻误战机，从而伤及自身。

当然，救助别人是需要付出代价的。有智慧的、有仁义的人，往往懂得同业与自己之"唇亡齿寒"的道理，因此，就做出义举。

李宏龄就是这样的有大智慧、大仁义的商人。

◆ **思考题** ◆

1. 李宏龄的义举"义"在哪里？

2. 李宏龄救助炉房的行为，对当今"救市"风潮有什么启示？

05 联号：蔚字五联票号

【义】

人与人之间的义往往是彼此给予的，自己有义，方可要求他人有义；这种义，不是义气，而是道义。

义字当头，方有信生。职场的道义，生意场的道义，是合作成功的前提保证。

在山西介休县北贾村有富商侯氏家族，当地人称"侯百万"。侯家传到第十三世侯庆来的时候，生意更是发生质的转变，所经营生意从普通商号全线转型票号，日后晋商著名商号"蔚字五联号"就是从侯庆来的手上开始转型的。

侯庆来接手侯家生意后，首先把在平遥开设的蔚盛长、协泰蔚、厚长来、新泰水商号都改为带有"蔚"字的蔚泰厚、蔚丰厚、蔚盛长商号。如此改名，一方面是其父字蔚观，改为蔚字号有永志其父创业维艰、教育后辈永世不忘的意思，另一方面，则是侯庆来自己创设的联号经营模式。

蔚泰厚是侯家实力最为雄厚的一个商号，就紧邻着西裕成（日升昌的前身）。今天，我们到平遥城去，还可以看到两家几乎紧紧相邻。西裕成改组成票号，且营业红火，让侯庆来意识到票号商业模式大有前景。很快，他就决心先改组蔚泰厚。

与日升昌票号紧邻的蔚泰厚旧址

图左后方带弧形门楣的商铺即日升昌，犹见当年繁盛痕迹。

做票号可以，但是，得有人哪。

人从哪里来？眼下看来，只有日升昌。可是，日升昌找谁呢？

晋商选掌柜，都是知根知底的；而且，一旦做到掌柜，那都是顶了身股的。所以，就选掌柜这事情，侯庆来就先犯了愁。

无巧不成书，就在侯庆来在这边犯愁的时候，那边，日升昌传出了雷履泰和毛鸿翙闹矛盾的消息。

机会来了！

侯庆来听到这个消息，从心底里冒出的第一个念头：千载难逢，机不可失，时不再来，我得把握这个机会。

几天后，侯庆来请人约毛鸿翙喝茶，双方约在平遥城西的一个茶馆里。

侯庆来见面就说："今天专门约请毛掌柜来，是想请教一下办票号的方法。眼看着日升昌逐渐红火，我感觉票号

将成为一个新的产业。我们侯家也希望能够迅速转型，因此，特请毛掌柜指点。"

"指点不敢。侯东家见笑了。"毛鸿翙拱拱手，"票号一业，确实是一种新的生意的尝试，至于能走多远，我也不敢说。说到具体如何营业，想来侯东家也知道，这不是我应该说的。"

"具体如何营业自然不敢打听。不过，听说毛掌柜在日升昌有八厘的股，如果哪天能够有机会请到毛掌柜的话，我愿意出一分的股。"

"承蒙侯东家厚爱，不过，我在日升昌，深受李东家的抬爱，雷大掌柜对我也有知遇之恩。有用得着我的地方，我能做的，自然尽力；但是，开票号的事情恕难从命。"

第一次见面，侯庆来也就是探探口风，同时，也是想接触一下了解一下毛鸿翙，自己直接开出一分的股，毛鸿翙不为所动，而且坚守规矩，关于办票号之事不多一言，倒是更让侯庆来多了些敬佩。

一谈不成，侯庆来并没有放弃，他一方面让自己的商号去日升昌办理业务，学习和了解票号的经营之道；一方面，则继续寻觅人才。

不多时，从日升昌传出了雷履泰生病回家的消息，侯庆来心想，这下毛鸿翙要当大掌柜了，他也就开始淡忘毛鸿翙，转而把心思放在自己琢磨票号业务上。

就在侯庆来自己琢磨着，准备自己派人开票号的时候，又传来消息，毛鸿翙离开日升昌回家了。

得知毛鸿翙离开日升昌的消息，当天晚上，侯庆来就带人到邢村拜访了毛鸿翙，并表达了自己希望毛能够出任侯家票号大掌柜的想法。

毛鸿翙见侯庆来这么快就赶来，自然十分感动，但是，他以刚刚离开票号想休息休息为由回绝了侯庆来。

毛鸿翙回绝有两个想法，一是刚刚离开日升昌，自己心里却是还很舍不得；二是自己一直没听侯东家的具体想法，如果这么快就答应，显得也不够稳重。何况，自从日升昌两个掌柜闹矛盾的传言出来以后，找毛鸿翙的人也很有那么几家了，他得好好想想，如果真开始干，跟谁合作，怎么个干法。

接下来的一个月内，侯庆来又跟毛鸿翙接触了几次，不过，这几次，侯庆来反而不谈号事，只是闲聊娱乐。

这一日，毛鸿翙专程递了帖子，正式拜会侯庆来。

侯庆来在蔚泰厚正式接见了毛鸿翙。

一坐下，毛鸿翙就说："侯东家美意，鸿翙已经领会，票号生意，前无来者，而前途无量，不知侯东家想怎么个办票号？"

日升昌票号旧址

昔日著名银号，今日小摊贩售卖古董物件的地摊，正前方悬挂着三枚元宝挂饰的房屋即蔚泰厚所在。

　　"票号一途，本生意发展的新一境界，银子进银子出，银子留下来，这自然是好生意；但票号的根本，是一个信用。谁有信用，谁就可以把票号做大做强。而信用的根本，还是银子的多少。我侯家有银子，就有信用，但缺少能够将信用变成生意的人，你毛掌柜就是这样的人。"

　　"出日升昌之前，我已经跟李东家和雷大掌柜讲过了，我出号后，还会另办票号，他们没说什么。但是，我的想法，要办，就要办出个大气势来。侯东家说的好，信用。办得越大，越有信用，生意才越大。当然，办大气势，要东家您信任才是。"毛鸿翙沉思一下，说。

　　"办出大气势，好！看来我没看错人。我已想好，那就先从我们最有实力的蔚泰厚的改组开始吧。我的想法，办得顺手，我们可以一齐把其他的蔚字号都改组成票号。怎么办，怎么改，全部你说了算！"侯庆来高兴了。

　　"侯东家如此大义。今生得遇票号，是毛某事业一大幸；今生得遇侯东家，是毛某人生一大幸。票号是我毛某毕生事业，侯家票号，毛某当鞠躬尽瘁！"

　　蔚泰厚票号的大掌柜，新号改组，毛鸿翙首先在日升昌开业的地方开业，因为那里票号生意受到市场认可，容易上手；三个月后，蔚泰厚改组票号成功，半年后，其余的蔚字商号全部改组为票号，侯家商号转型票号全线成功。至此，晋商票号史上著名的蔚字五联号诞生。

　　侯庆来抢聘毛鸿翙，信任毛鸿翙，成就了毛鸿翙的票号事业，也从根本上成就了侯家的蔚字五联号票号，侯家财富，从此更上一层楼。

◆ 解析 ◆

　　侯庆来是侯家杰出的一代掌门人，他敏锐地看好了票号业的未来，但是，人从哪里来？

　　与雷履泰相比，毛鸿翙是年轻的。年轻的毛鸿翙有很多自己的想法，因此，他想当大掌柜，也因此，与雷履泰产生了摩擦。

晋商的东家和掌柜，讲究一个义字。

侯庆来看上毛鸿翙的时候，想的是一个义字：如果毛鸿翙继续在日升昌干，他不能抢。毛鸿翙做掌柜，想的也是一个义字，因此，侯东家第一次谈的时候，他几乎是闭口不谈票号事；后来，想合作了，也要先讲清楚跟日升昌的关系。

义字背后是信：有诚信，有信任。

侯庆来抢聘毛鸿翙，先提一分股，表达自己的义与信；后来，权力下放，全线改组蔚字五联号，是信的深入。

因义而信，因信而成功，这，就是侯庆来和毛鸿翙共同开创蔚字五联号的根本所在。

蔚字五联号还开创了一种全新的运营模式，通过对晋商的联号模式的观察，我们还发现，现代企业的所谓连锁经营，其实还不如晋商的联号制经营来得更彻底，更有效。

如果说连锁经营只是实现了统一的进、销、存的话，晋商的联号制则是实现了战略性的信息、采购、销售等多方面的统一和促进。

看看今天的汽车市场，我们发现日本的本田车在中国有广州本田汽车、有东风本田汽车，我们仔细分析，就会发现，本田汽车的做法就是一种典型的联号经营模式。

日本人很多年前就非常重视对晋商的研究，一直到近几年，他们还深入山西到很多明清晋商的遗址进行实证考察调研，我们没有证据证明本田汽车在学习晋商的联号模式。但是，作为一种有效的市场行为，本田汽车确实因此在获得更大比例的市场占有率。

◆ 思考题 ◆

1. 侯庆来挖毛鸿翙，和比亚迪挖富士康的员工，为什么结果两重天？

2. 当猎头公司向你伸出橄榄枝，你如何权衡取舍？

06 投机晋钞，自取失败

【智】

技能是可以很快学到的，但以思想与智慧作基础的判断力不是学得来的，需要不断地修养。

在商路上，商业技能是作战的武器，但要有洞察世事的智慧修养作为战略支持，战略加战术，才能百战而不殆。

却说毛鸿翙辛苦一辈子，一直希望能够开一家属于毛家的票号，因此，他对后代从小就严格培养。尤其是对孙子毛履泰，更是从小就带到票号里，言传身教，好在毛履泰对票号生意还真是十分有兴趣，因此，他逐渐对票号业务大小事宜得心应手，成为毛鸿翙的希望。

蔚长厚是毛鸿翙晚年集自己一生做掌柜辛苦所得开办的一家票号。同治四年（1865）正月十九日，毛鸿翙在平遥邢村因病去世，享年78岁。随后，毛履泰正式接手票号。

作为中国第一代票号高手毛鸿翙倾其所有教授出来的票号专家，毛履泰接管蔚长厚之后，便大展宏图，励精图治放手经营。很快，蔚长厚如日中天，成为票号界中坚票号之一。

毛履泰由此也成为山西票号界炙手可热的人物，名声大噪。毛履泰在其有生之年，对票号倾注了自己一生心血。自光绪中后期到宣统初

曾经辉煌如今破败的毛家大院

致富后，毛鸿翙与其孙辈购买大批建筑材料，将旧居翻新扩建，在家乡邢村正阳高坡上修起了富丽堂皇的四座深宅大院，号称毛家堡。这四座深宅大院，均为三进院落，有侧院相连，规模宏大，主体建筑为砖砌窑加前檐，窑顶筑楼，在平遥城东门就可以一眼望见邢村毛家楼。该楼脊兽前檐，通天明柱，垂花门楼，砖木石砌，雕梁画栋，豪华讲究。门楼两旁石狮高大威猛，对面还建有一座花园，专供毛家人游玩观赏。在邢村商贸古街上，还建造了毛家祠堂。

年，毛氏家族处于兴盛时期，毛家的富裕，在平遥乃至山西人尽皆知。

蔚长厚票号成功后，毛履泰自己又新创了两家票号——"永泰庆"和"永泰裕"，然而，由于用人不当，这两家票号的经营并不如人意，不多久就关闭。随后，毛履泰又创建了永泰昌钱庄。

后期自创票号和钱庄生意的一般，让毛履泰生了投机心理，这时候，他忘却了祖父毛鸿翙的教导，终于，在一场投资生意中葬送了毛家的生意。

1930 年蒋阎冯中原大战后，晋钞迅速贬值，毛履泰看到晋钞贬值的情况，就想冒一把险，他希翼于晋钞的贬值会迅速回升，因此，趁贬值之机大量收购。

可毛履泰万万没有料到，晋钞大幅度贬值，而且一贬不复返，贬到约 25 元晋钞才能兑换 1 元新币，结果，大量囤积晋钞的毛履泰一下子元气大伤，永泰昌钱庄因此倒闭。

遭此打击，毛履泰一病不起，不久就去世。

毛履泰去世之后，由四弟毛履恭和次子毛敬德执掌家族生意。

毛敬德掌家后，失去了先人创业的精神，生活奢侈，挥金如土，家境随之败落，这正应了那句老话"成由勤俭败由奢"，毛家后人从此就开始靠变卖家产过日子，当然，最后的结果就是卖光吃光。

◆ 解析 ◆

志向高远如毛鸿翱，其后代也不过强了一个毛履泰。

就是这个毛履泰，事实上也不过是强了半世。

这中间，当然有外界社会经济等多方面的原因，但是，核心来说，还是一个商业修养的问题。

毛鸿翱再强，也不过是一个知名的掌柜，他的能力，更强在商业眼光和技能上，至于做东家的修养，大概还没有修炼出来。

因此，在毛履泰的身上，就发生了投机晋钞的事情，当然，这个投机，最终直接导致了毛家的衰落。

毛履泰从毛鸿翱身上，更多继承的是票号的技能，也就是商业的技能，而在竞争中，光有技能往往还是不够的，更需要的，是对整体社会经济形势的宏观把握，因为没有战略上的传承和对商业伦理的修养，一旦面临变动，投机思想很容易发生，而毛履泰败就败在投机上。

同样在1930年受到影响的，还有一个大德通票号。这一年，山西老字号大德通原本可以利用机会用贬值的晋钞取给难民从而积累资本东山再起，而它却坚决使用新币兑换，几乎把全部积蓄都投入到了这次有史以来最大的赔本买卖中，大德通因此一蹶不振，并于两年后歇业。

◆ **思考题** ◆

1. 毛履泰深得毛鸿翙经营票号的经验真传，为什么还会失败？

2. 生意上的投机取巧，有没有底线？

第二部分
忠义信的商人

己欲立而立人，
己欲达而达人。

——孔子 《论语·雍也》

尽心于人曰忠，
不欺于己曰信。

——宋·司马光《传家集·四言铭系述》

1929年天津永信蔚号同事在天津山西会馆关圣戏楼院合影

笔直挺拔、不依不靠、不卑不亢的站姿，既是晋商行为举止训练有素的自然表现，也投射出晋商自信、坦然的品性。

第五章
"受人之托，忠人之事"

　　《史记》卷四三《赵世家》载，赵氏先祖在晋景公三年（前597年）曾遭族诛之祸，赵朔遗腹子赵武在公孙杵臼和程婴的佑护下侥幸免祸，后赵武长大，依靠韩厥等人的支持恢复了赵氏宗位。"赵氏孤儿"的故事成就了程婴、公孙杵臼等人感天地、泣鬼神的壮行义举，《史记》称："其言必信，其行必果，已诺必成，不爱其躯。"今山西盂县藏山，相传是当年藏匿赵武的地方。

　　2009年，"赵氏孤儿传说"就被评为山西省首批省级非物质文化遗产，临汾市襄汾县赵康镇已经着手在赵盾故里——东汾阳村开发赵氏孤儿文化产业。

01 "代人受过" 掘得第一桶金

【义】

人总是趋利避害地活着。但有时候，勇敢地承担责任，恰恰是未来利益的起点。承担责任，就是降低了别人的风险，保证了别人的利益，未来，利益会自然地回馈到你的身上。

在山西平遥县东南部有一个古村落——邢村，有一户从县城迁移过来的人家，姓毛。毛家迁移到此后不久，毛家有一个名为毛际美的，他常年奔波于京津等地做生意。

这一年，毛际美经人介绍，加入天津一家商号做伙计。

毛际美初入商号，勤勤恳恳，整天跑前跑后，眼里都是活，掌柜和伙计们都喜欢他。

可是，两个多月后的一天，一个意外还是降临到了憨厚的毛际美身上。

这一天，号里清点营业的时候，居然少了半两银子。

少了银子，当然要检查清点，回忆来回忆去，这银子，居然是毛际美来号两个月做的最大的一笔生意，但就是这笔毛际美的大生意，现在，东西拿走了，银子不见了。

晋商的规矩，伙计身上是没有口袋的；按理说，要私藏银子，那是不

可能的事情，可现在事故就这么发
生了，总得找着原因所在啊。

结果，三天过去了，银子还
是没有找着。

这一天，掌柜的把毛际美叫
到自己的房间，委婉地说："际
美，你来号里时间不长，你的劲
头我是看在眼里了；但是，你看现在发生事故，一时间还
找不到问题在哪里，有些风言风语，你不如先回避一段时
间。我呢，给你介绍到城另一边的商号先住住。"

发生这样的事情，毛际美确实也没想出个办法，只好
说，"那我听掌柜的，多谢掌柜关照际美。"

几天后，掌柜带着毛际美到了天津城另一边的一个店
铺，找了店掌柜，说是借宿一段时间，毛际美就这样在新
的店铺住下了。

借宿？借宿！

借宿到哪一天？

原来的掌柜也没个说法和交待，毛际美心里也不知道
事情会有怎样的结果。

这边既然是借宿，那店铺的事情也就跟自己没关系。

毛际美是闲不住的人，再加上心里有事，所以，从来
到人家店铺的第二天起，别人还没起，他就起来，先把大
家的夜壶倒了，然后就开始扫地、清洁柜台。

店铺里的伙计们见毛际美勤快，倒也高兴，一开始，
还有人说几句客套的话，没几天，伙计们似乎就习惯了，
好像大家觉得也是应该的：毕竟，借宿没个头，好像打扫

天津山西会馆的牌匾。

1808 年 9 月（清
嘉庆十三年），估衣街
山西会馆开建。据天津
商会档案二类 2794 卷
载，"兹有我晋商阗属
杂货十三帮公集巨款，
旧在天津估衣街中间山
西会馆内创建杂货十三
帮公所一处，名曰晋义
堂，以为办公事宜。"

打扫也是个补偿。

有一天，掌柜要外出，很早就起来了，一看毛际美在清洁打扫，马上就说："小伙子，你是来我这里借宿的，谁让你干这活来。这不合适啊，店里有人干啊。"

掌柜把负责清洁的伙计叫来，这伙计倒也诚实，他说是毛际美争着要干，他也拦不住啊。

掌柜听了，没说太多，就赶着出门办事去了。

几天后，掌柜回来了，一问毛际美还在，就差伙计把他叫到了自己的房间。

"小伙子，你叫什么名字来着？"

"掌柜的，我叫毛际美。"

"记得前次你们掌柜说你是来这里借宿一段时间，也没说到什么时候，我也一直没问过你。你看，有什么事情需要我帮忙吗？"

"掌柜的，话说到这儿，际美也就没什么可瞒的了。"毛际美就一五一十地讲述了那半两银子奇异不见的事故，说完，惭愧地低下了头。

"事故是个事故，肯定会有说法的。要是暂时不走，你看你在我店里帮帮忙如何？"

"行，没问题。掌柜的，我不要工钱。"

"那哪行。这样，按店铺里新入门伙计的标准，你没意见吧。"

"掌柜的，际美没意见。"

"那就从今天开始算吧。"

此后，毛际美就开始在铺子忙活了。他人实在，再加上是新来的，每天忙得团团转，但是，毛际美一点怨言没有。

毛际美不爱说话，但是，干出的活那是没得挑，因此，凡事难的累的活，往往都到毛际美的身上。

能够把难活累活都做好，掌柜的，看在眼里喜在心上。

乔家大院内高挂的"学吃亏"匾

　　电视连续剧《乔家大院》总导演胡玫看到这三个字时，她说："看到建筑上刻的匾，上书'学吃亏'三个大字的时候，我的心是为之震颤的。接着我也有一系列的问题，他们为什么是这样的？怎么会是这样的呢？他怎么不写上'利'，怎么不教育他的后代应该见利忘义呢？"

　　关键是，把难活累活干了，毛际美从不抢功，有时候明明是他干的，为了融洽关系，他还往往说是别人干的。

　　因为毛际美不爱说话，哪个活万一有什么差错的时候，别人又爱往他身上推，每一次，毛际美都不否认。

　　这一天，掌柜的一不小心把厨房的盘子挂到地上摔碎了，他故意出来问大家知道谁干的？

　　伙计们一听，咱谁也没碰过啊。

　　大家面面相觑，看来看去，目光都聚焦在毛际美身上。

　　毛际美一看，心里顿时一阵伤感：唉，真是流年不利，怎么又摊上这样的事情啊。

　　他看看伙计们看来看去躲闪的目光，突然说："掌柜的，好像是我早上扫地的时候碰得跌碎的哇。"

　　掌柜听了，告诉大家各干各的活去吧，就又把毛际美叫到自己那里去了。

"毛际美，那盘子真是你碰碎的？"

"应该是。伙计们都没碰过，那肯定是我扫地的时候弄的了。"

"唉。你这个小伙计，人家都是把好事往自己身上揽，你倒好，尽想着替人担事。没事了，你忙去哇。"

半个月后，前家的掌柜来找毛际美，说是半两银子找到了，在地下的砖缝里来着，他想接毛际美回去。

新掌柜说："际美已经在我这帮忙了，我想留下他。咱们问问他的意思吧。"

毛际美想了想，说："半两银子事故，无论如何有我的责任。我现在这边干得感觉挺好，要说心里话，也不太想回去了。感谢老掌柜来接我，不过，我还是不回去了。"

半年以后，毛际美以自己的扎实努力逐渐在店铺中建立起自己的威信；一年以后，毛际美成为店铺的顶梁柱。几年后，自己就是东家的店铺掌柜，因无子嗣，决定把店铺传给厚道仁爱的毛际美。

平遥毛家，从毛际美这一代筹得毛家家族的第一桶金。

◆ 解析 ◆

有时候，工作中的事情就像生活中的事情一样，总有一些事情是一下子搞不清楚的。毛际美就是在职业生涯中遭遇了这样一件一下子说不清楚的事情。

东西找不着了。

银子找不着了。

出了事故，总是要有人出来承担责任的。承担责任需要勇气，更需要一种发自内心的坦荡和自信。

毛际美就是在这样一种情况下，承担了半两银子失踪事故的责任。当然，后果，就是暂时的"出局"，其实就是失业，或者说停业。

有意思的是，这个毛际美不吸取教训，到了新的地方，不但辛勤劳动，反而还继续承担责任，不但承担难活累活的责任，而且再一次承担了事故责任。

毛际美似乎是一个不吸取"教训"的人，一个怕别人"有麻烦"而不怕麻烦上身的人。

因为豁达，因为爱人，因为仁爱，店铺老板看到了自己事业传承的对象；而毛际美也因此获得了人生的第一桶金。

◆ **思考题** ◆

1. 在职场上"代人受过"，你有没有这个勇气？

2. 看到乔家大院里高挂的"学吃亏"匾，你有何感想？

02 "买油篓，义分油"

【智】

当难处出现的时候，跳出难题本身，进行横向联想、纵向拓展，从周边的宏观环境、相关链条上寻找解决之道；公道自在人心，解决难题的方案千万不能建立在损害他人利益的基础上。这是毛鸿翙卖油篓给我们的第一启示。

在晋商历史上，毛鸿翙是以经营票号而出名的，在进入日升昌之前，毛鸿翙还曾经在一个字号名为"聚财源"的粮油店做伙计。

山西的粮油，有很多吃的是胡麻油。胡麻油主要生长在高寒地区，在山西的主要产地在晋北地区。

这一年，毛鸿翙受掌柜委托，前往晋北采购胡麻油。

然而，由于是第一次一个人出远门，再加上路上天气的异常变化，等毛鸿翙到达的时候，大批的粮油订户已经来过，当地的胡麻油基本上已经订购一空。

这下可把毛鸿翙愁坏了。第一次出来采购油，就发生这样的情况，那以后还怎么在店里做事。自己又是一个人出来，也没个商量的人。怎么办？

没办法，第二天，毛鸿翙一大早起来，又把附近的胡麻油磨坊都转了一个遍，可是，所有的户都说已经订好的事情，实在是没办法帮忙了。

最关键的是，原来自家商号的多年客户，也因为自己没有按时到达，再加上今年胡麻有点欠收，也被别的商号订走了。

"今年胡麻油是欠收了，不过，我们亲家的油篓估计要受些损失了。"毛

晋商著名商号三晋源票号旧址。当年，聚财源商号或者也有这样的门头。

鸿翔磨蹭着不走，磨坊掌柜就嘟囔着跟他说着话。

"甚油篓？"毛鸿翔问。

"甚油篓？谁订下油还不得用油篓盛油？"磨坊掌柜说。

"他们订油时候不买油篓？"毛鸿翔继续问。

"嗨，怪不得你连油也订不上。谁都是油要装了才买的，这阵油还没磨好，要油篓作甚？"磨坊掌柜乐了。

突然，毛鸿翔似乎意识到了什么。他问了磨坊掌柜亲家的地址，就直奔而去。

作为粮油商号，油篓自然是见过的。但是，毛鸿翔还真没现场见过做油篓的。

到了地方，敲开门，毛鸿翔先介绍了自己，然后说明来意："是磨坊的王掌柜介绍我来的。都说今年胡麻油欠收了，我想打听下油篓的行情有甚变化没？"

"这阵子量还没上来，但是，用不了多久，胡麻油往出一磨，一装油篓，估计，价还是要跌些。我们做油篓的可

没想到今年欠收啊。"油篓老板面带愁容地回答。

"那我用去年的价格收你的油篓如何？"毛鸿翔反问。

"甚？去年的价格？那你不亏了吗？"油篓老板有些不明白了。

"这个就不劳您牵挂了。我先收你的油篓，但是，有个条件，你要把我介绍给其他做油篓的，我需要的量要大些。"毛鸿翔补充道。

"那没问题，我们本来就是一体的，要好都好，要不好都不好，虽是同行，倒也从无竞争纠纷。"

就这样，三天之内，毛鸿翔忙忙碌碌地订好了所有的油篓，然后，回旅店踏踏实实地休息去了。

半个月后，当年的新胡麻油一批批地磨出来了，前阵子订好油的各地商号的人，准备开始装油了。

准备装油的伙计到油篓行买油篓的时候，突然发现，怎么本地的油篓都被订购一空了？

这是谁干的？要干嘛呀？

地方就那么一点，大家一打听，是平遥"聚财源"粮油店的毛鸿翔把油篓订光了。粮油店的不订油，却订光了油篓。

大家一合计，这可是个麻烦啊？本来大家想着油篓的价还要降，这一下，该不是有人要借机发财了？

有着急的，就先找到毛鸿翔了，但毛鸿翔传出的话是他先不卖油篓，先看看。

爱着急的人，一听卖的不着急，他的心下就更着急了：坏了，看来这小子是真要抬价了。

大家四处这么一打听，毛鸿翔没几天就成了名人。可这名人不好听啊，市场上传言，这是来了个奸商啊。

终于，油是必须要装了，再不装，本地油坊也盛不下了。

这一天晚上，毛鸿翔跟自己住的旅馆老板打好招呼，请大家吃莜面。这莜面也是晋北的特产，这些常年到晋北采买的人，也大都喜欢上了晋北的特产莜面。

小旅馆里，莜面摆好了，买油客也聚满了，毛鸿翙才出来。

"各位同行，毛鸿翙是第一次出来采买胡油，因为晚到，没能订购上油，万不得已出此下策，还望各位前辈海涵。"

毛鸿翙话还没完，下面坐着的那位着急的就悄声说了："那你也不能坐地涨油篓的价啊。"

"各位，"毛鸿翙顿了一下，"关于油篓之事，我有一个动议，还呈请前辈们能够成全在下。我到晋北是来买油了，不是来买油篓。我的意思，想请各位匀点油给我，油篓，我多少钱买的按原价转给各位。"

众人一听，这位毛鸿翙是个行家啊。看来，先前大家误会人家了。所以，众人纷纷匀给毛鸿翙油，这一下，毛鸿翙不但收到了油，而且收到了好油，更重要的是，毛鸿翙的仁义之举让他一次交下了很多朋友。

毛鸿翙的这一举措，很快传遍了山西商人的圈子，这个名声，为毛鸿翙日后的大发展奠定了良好的基础。

◆ 解析 ◆

每个行业都可能遇到危难的时候，每家企业、每个企业家、每个经理人都可能遇到毛鸿翙这样的难处。

毛鸿翙初次外出采买胡麻油，这是商号对他的重视，同时，第一次的成功与否也直接决定了他今后的职业进阶。

可偏偏就在这时候，连一点油都没有了，原因，都在自己。怎么办？

硬要？那是不可能的事情。不要？那更是不可想象的情况。

慌而不乱，毛鸿翙在积极努力斡旋的同时，迅速就看到了机会。

那就是油篓。

通过收购油篓，毛鸿翙赢得了谈判桌上的主动权，他从生意的链条

上看到了事情的转机。尤为可贵的是，毛鸿翙并没有真的趁机提价，赚取不义之财。相反，他真诚地向大家阐述了自己的困境，并按照原价向大家转移了油篓。

如此一来，毛鸿翙的困境得以解决，而大家呢，又通过这件事情看出了毛鸿翙的诚实和仁义。

当难处出现的时候，要跳出难题本身，进行横向联想、纵向拓展，从周边的宏观环境、相关链条上寻找解决之道，这是毛鸿翙卖油篓给我们的第一启示。

其次，当自己出现难题的时候，解决方案千万不能建立在损害其他人利益的基础上，公道自在人心，众人帮一点，众人没有什么损失，但是，众人的这一点就给了毛鸿翙一个交代。

再次，危机更是机遇。通过处理危机，牵动行业神经，树立企业或经理人在行业的威信，是我们从这里可以获得的更大启示。

于是，本来是一件极其危难的困境，在毛鸿翙的巧妙智慧中，变成了一举多得的事情；毛鸿翙自己，更是成为这件事情处理中的最大受益者。他不仅仅获得了生意的保证，更赢得了商界的认同，而后者，显然是大大超越于胡麻油生意的有限利润的。

◆ **思考题** ◆

1. 毛鸿翙为什么不提高价格卖油篓，那不是可以获得更多的利润吗？

2. 古人云："福兮祸之所伏，祸兮福之所倚。"所谓塞翁失马，焉知非福，面对巨大的困难甚至陷入绝境，你是否具有冷静的态度和坚定的意志，去实现"柳暗花明又一村"？

03 大掌柜让贤

【忠】

忠，就是忠诚、忠厚；对国家、对事业、对职业有一种尽忠以报的精神，达到无我、忘我的境界，诚实做人。武子建义辞大掌柜就是典范。

1864 年，天成绸布货行改组为天成亨票号。

改组之前，平遥县北娃庄武子建是大掌柜，侯财东就改组事宜与商量，武子建认为，票号业乃新兴行业，改组是必然的，作为平遥有名的大掌柜，他自然也十分乐意。于是，改组工作就紧密锣鼓地进行起来。

武子建虽然没有做过票号，但是生意都是相通的，而况，日升昌1823 年开业，这几十年来，很多生意场的人其实对票号都有相当的了解，因此，武子建并不怵这个转型，因此，他还做了很多积极的准备。

开业前，侯财东提出要请一个办过票号的协理，他一听，好事情啊，其实，自己也一直想请这么一位干过的专业人才做协理，这样，很多事情会事半功倍，现在东家提出来，那是再好不过的事情。

请谁做这个协理？侯东家和武子建想来想去，还是瞄上了侯王宾。

侯王宾何许人也？

他可是平遥城内的名人。从票号初兴的道光十八年（1838）起，侯

王宾就进入蔚泰厚票号，此后在北京分庄一驻就是十余年。后来，因为母亲年老多病，无人照顾，侯王宾离开蔚泰厚票号，回到平遥奉养老人。侯王宾尽孝侍亲的美名在平遥城广为传诵。

侯王宾在母亲去世之后，出于友情考虑，到广聚兴商号做事。

怎么请侯王宾？武子建和侯东家决定，先由武子建试探口风，然后由东家出面具体谈。

武子建先约了侯王宾见面。一见面，武子建就说明了来意："我们东家想把商号改为票号，你是票号专才，如今却在一个商号做事，我们东家有意请你，因此，今日特别拜见。"

侯王宾说："票号一业，实力为本，信用为根，我晋省商人，近年来尤热衷，其中缘由，无非是票业利厚。做掌柜的，做了票号，一般不再乐意做普通商号，其实也是因为票业独特的生意乐趣和魅力。广聚兴掌柜曾救助家母，对我有恩，为人家做点事情是我应该的。"

武子建一听，原来，这侯王宾还是在报恩啊，看来有戏。

很快，侯东家就出面与广聚兴的东家一谈，天成绸布货行的东家出面了，广聚兴的东家还是给面子的。很快，侯财东就以俸股请侯王宾出任总号协理，负责号内事务。

这一天，天成亨票号改组成功，在喜庆的锣鼓声中、在鞭炮的欢乐声中，新的牌匾挂上了号门。武子建续任大掌柜，侯王宾协助，天成亨票号的业务很快走上了正轨。

但是，不久，武子建就发现了一些问题，自己过去本来以为简单的票号生意，真正运行起来，显然不如自己熟悉的货行顺手。好几次，要不是侯王宾经验老到，武子建就面临着考验。这么着过了一段日子，武子建朦胧地有了些想法。

三个月后的一天，武子建找到侯东家，认认真真地议了一件事。

"东家，天成亨票号已经开业，眼看着各地分庄生意也逐渐打开，咱们的票号生意成功在望。东家请来的侯王宾协理，我看，实在是个票庄的行家里手，我今天来的意思，是想请辞大掌柜，另请东家让侯王宾出任大掌柜。"

侯东家一听，愣了："大掌柜何出此言？转行做票号是咱们早已议好的事情，转行过来，你大掌柜还是你的大掌柜，专业的票庄人才我也给你请好了，也是你同意了的啊。现在不是走得挺好吗，你怎么会这么想？侯王宾是人才，这我当然不否认，可你还是大掌柜啊。"

"东家，我想你可能误会了。我并没觉得东家有什么想法，这完全是我自己的想法。经过这几个月的运行，我认为，侯王宾实在是个票号的高人，如果能够让他做主，我想，咱们天成亨票号的生意会走得更快更稳。我这么做，完全是为了天成亨的事业，还真没想我自己如何。你我东掌多年，咱们之间是不用多说的。"

"你的心性我自然明白，这么多年来，哪一件事情你不是尽心尽力的。这事情你容我好好想想。"

三天后，武子建再次找侯东家专谈请辞大掌柜的事情。多年东掌关系，侯东家明白，这武子建是铁了心了。

于是，第四天，侯东家约着武子建和侯王宾一起，正式谈论大掌柜一职的事情。

侯王宾一听武子建要请辞，马上说："武大掌柜万万不可如此，当时王宾愿意来此，固然有对票业的喜爱，但更是觉得大掌柜可以引领王宾前进。这才多长时间，大掌柜就请辞，莫非在下有什么做得不对的地方？"

侯东家一看，这侯王宾怎么跟自己想的一样啊，就马上说："大掌柜跟我相交多年，我本来也跟你有类似想法，还以为是我哪里做得有问题了。其实，大掌柜就是觉得你经验丰富，而且对时势有更敏锐的把握，他啊，是为了咱天成亨票号的发展，希望能够给你一个施展的空间。"

蔚字五联号成员之一，天成亨经理侯王宾旧居的上院

　　经理侯王宾在任职二十余年中，进贤能，退不贞，知人善用，恩威并济，使票号业务日渐发达。

　　东家发话了，大掌柜请辞的态度又是如此坚决，侯王宾一时豪气顿生："王宾哪里修来如此福报，得遇东家礼遇，更得遇武大掌柜禅让，再推辞就显我辈虚妄，我现在就一句话，天成亨将是我余生的唯一选择。"

　　此后不久，择良辰吉日，侯东家宣布侯王宾出任天成亨票号大掌柜，同时宣布，武子建在天成亨的身股终生持续，并将在武子建百年之后继续十年。

　　武子建禅让天成亨票号大掌柜职位，成了晋商掌柜忠于东家的佳话，也成了晋商掌柜同气结义的美谈。

　　据记载，天成亨票号在侯王宾执号的二十余年中，利润超过一般票号的十倍。

◆ 解析 ◆

　　天下熙熙，皆为利来；天下攘攘，皆为利往。

　　大掌柜一职，本名利兼收的美差，尤其在晋商的制度中，大掌柜往往意味着丰厚的回报。

　　将一家贷行转型为一家票号，其中的艰难复杂，远不是一句话可以表述，武子建认真努力地做了扎实的基础工作。

　　但是，就在天成亨票号生意已经走上正轨的时候，大掌柜武子建却提出了请辞。不要说侯东家产生疑问，不要说侯王宾感到纳闷，除了武子建自己，恐怕没有人能明白他的痛苦和决心。

　　武子建只有一句话，为了天成亨的发展。

　　天成亨不能发展吗？不是，改组已经成功了；但是，武子建希望天成亨有更快更好的发展，因为他看到了侯王宾的能力，他看到了天成亨的未来，作为一个忠义的掌柜，作为一个负责任的大掌柜，他的天职和使命，就是让票号发展的更好，唯一的选择，就是请辞并让侯王宾继任。

　　这是一种什么样的精神和情怀，这是一种什么样的气度和责任感。

　　晋商武子建想到了，他更做到了。

　　侯东家是理解武子建的，因为他们东掌多年，武子建的心他理解；侯王宾是理解武子建的，因为同为晋商掌柜，他们其实有同一种天职般的使命感。三个有同样精神家园的人，最终走在了一起，最终成就了天成亨票号的未来。

　　武子建是晋商掌柜的楷模，更是中国国有企业一把手的楷模，也是中国民营企业经理人的楷模。世界上最伟大的行为，就是为了更广大的利益而放弃自我的私心和私利。做企业的，尤其是做经理人的，若能够为企业的利益而抛弃一己私利，这样的经理人才是最称职的经理人。

◆ **思考题** ◆

　　1. 武子建主动辞去大掌柜，他的内心有没有自我牺牲的"崇高感"？

　　2. 在这一辞让事件里，你如何看待东家和二掌柜的心态变化？

04 二十六年鞠躬尽瘁

【信】

工作上摔跤的故事，在现代职场上也很常见。遇到这种情况怎么办？真诚相待、严守规矩，是最忠义的解决之道。

光绪十年，1884 年，距离日升昌票号设立 60 多年后，山西票号在全国的事业如日中天，无论是东家还是掌柜，都赚了个盆满钵满，山西商业由此上了一个全新的台阶。

然而，有一个走在下庄路上的山西票号掌柜却并不高兴，这位掌柜正走在从福州回山西祁县的路上，他的名字叫阎维藩。

一般下庄回家的掌柜都很高兴，毕竟，辛苦这些年终于可以回家了，回家，对于晋商掌柜来说是一种荣耀般的享受。但是，此下庄非彼下庄，这位阎掌柜是被票号处分了的。

最要命的是，在晋商的圈子，谁带着处分回家，基本上就意味着职业生涯的结束。因为，晋商的号规十分严格，一旦处分出号，本号永不录用不说，同业也往往因为其违规的污点而不再聘用。

职业生涯断了，再加上人都活个脸面，这回去怎么说也不是光彩的事情，这阎维藩越想越不舒服，就一路上磨磨蹭蹭，一顿小酒一顿大酒的，打发着岁月的时光。

最让阎维藩郁闷的是，自己的所谓违规竟然是因为想为票号发展多赚银子，而且银子也赚着了，但总号就是抓着号规不放，商量来商量去还是把自己给开了。

原来，刚刚卸任的阎掌柜，本是平遥蔚长厚票号福州分庄的掌柜。

山西票号的生意，本来主要是服务商人的，从日升昌服务山西商人银子传递开始，山西票号的客户主要就是商人。随着票号发展，官员也成为票号的主要客户，因此，交游官员，就成为票号掌柜的主要任务之一。在票号中，越是能干的掌柜，在官场上越是吃得开。阎维藩就是这样的一个人。

福州都司恩寿就是阎维藩在福州分庄的重要关系之一。这一年，恩寿得到信息，有个升迁的机会，但是，这机会需要去争取，而争取就需要银子，银子哪里来？他想到了阎维藩，并向阎维藩直接表达了他的意思：借10万两银子。

有人借银子，这对票号来说本来是好事情啊，而且又是笔大单，但问题就出在这"大"字上。

票号如同今天的银行一样，出借银子给客户，是需要客户担保的，偏偏恩寿是个年轻军官，他可没有官银存在票号里给自己担保，这可让阎维藩有点为难了。

但长期交往下来，阎维藩觉得恩寿并不是那种没谱的人，退一步讲，如果运作不成功，那银子也是可以退回来的。朋友交情加上生意利益，未经申报总号，阎维藩就自己做主把这笔大单放出去了。

一来呢，恩寿要的急，要是等汇报总号回来，就晚了；二来，阎维藩也知道，这个事情就是汇报了总号，也批准不了。

本来这事情做了，也就是在福州分庄内部消化，但几个月后，偏偏总部派人巡查，这事情就包不住了。

总号对阎维藩的处分到达福州的时候，恰恰，恩寿擢升了，要调任

汉口将军，这一下，恩寿可不缺借钱给自己的人了，因此，马上就还了从蔚长厚的借款。

阎维藩当作没事般为恩寿送行，但恩寿同时得知了阎掌柜为自己受处分的事情，宴会上，恩寿当即提出请阎维藩跟自己到汉口去，保证让阎维藩舒舒服服。阎维藩认真地谢辞了。

阎维藩原本的想法是，悄悄地把这事情做了，就当没事情发生。但既然事情被查出来了，他自己也没话说。为什么？这是票号的规矩啊，换位思考，自己当大掌柜，还不是一样要处罚违规者。因此，他打心眼里也认罚。

不过，认罚归认罚，可生活、生意和脸面还是要的，因此，阎维藩还是十分地郁闷。恩寿是邀请自己了，可如果自己真去了，那成什么了，而况，身为晋商掌柜，自己的志向毕竟还是在生意上。

阎维藩这边路上郁闷的时候，有人正偷着乐呢！

这位偷着乐的是谁啊？是同在祁县的乔东家乔致庸，

乔家大院

这一年，他刚刚将旗下商号改组设立了大德通、大德恒票号。乔致庸有心在票号业有所作为，设立票号后第一紧要就是寻找大掌柜。但晋商的大掌柜，又往往与东家相交多年，更多是从本商号中成长起来的，因此，能干合适的大掌柜很难寻得。

所以，一听说阎维藩被辞了，乔致庸觉得机会来了。

为了这个阎维藩，乔致庸先去平遥蔚长厚票号拜访了东家和大掌柜，得知阎维藩的能力没问题，只是号规严格，犯错必须处罚，否则号规就形同虚设了。尤其是蔚长厚票号的大掌柜，言下之意十分可惜。于是，乔致庸就表明了自己的想法：希望聘请阎维藩。蔚长厚的东家和大掌柜说，那敢情好啊，这样，我们也为阎掌柜高兴。

乔致庸拜访回来，征得原东家同意，立马指派儿子乔景俨到阎回乡必经之路子洪口迎候。

这一天，阎维藩刚进子洪口，一看，怎么有个大轿子，心想，这是谁家这么大排场？

这边乔景俨早带了阎掌柜的家人，家人一看阎维藩回来了，赶紧上前。

"阎大掌柜，我是乔家乔景俨，特受家父乔致庸委托前来迎接本地英杰。"乔景俨双手一拱，说道。

听家人一说，阎维藩才明白，这居然是接自己的轿子，而且是大名鼎鼎的乔家，他心下十分激动，一时大郁闷大惊喜交集，愣了一下。

但是，很快，阎维藩就冷静下来了。

"乔少爷，维藩戴罪之身，不敢劳乔东家如此。还望海涵。"

说完，阎维藩就继续前进，径直向平遥方向走去，原来，这阎维藩虽被总号辞退，但他早已想好，一回山西，还是先回总号告罪，告完罪再回祁县的家。

就这样，阎维藩一个人前行，后边乔景俨带着一队人马和一抬大

轿，一路就这么相跟着到了平遥蔚长厚票号。

乔致庸得报后，及时赶到平遥蔚长厚票号。

因此，当阎维藩进到蔚长厚票号院内的时候，乔致庸已经跟蔚长厚票号的东家和大掌柜在一起了。

阎维藩进院就跪，乔致庸等三人赶紧扶起，那一瞬间，四个男人都眼泪难禁。

此后，阎维藩为报答乔氏知遇之恩，二十六年如一日，殚精竭虑，大德恒票号业务繁荣昌盛，每逢账期，每股分红达到一万两左右。

◆ 解析 ◆

职场路上，阎维藩摔跤了。

作为具有相当职权的分号掌柜，阎维藩本来可以把这件事情处理得更为妥当。但是，没有本来，没有如果。

就生意能力而言，阎维藩是个能人。但是，能人不等于全人，在那一刻，或许，这个能人阎维藩就是有点过能了。

阎维藩摔跤了，乔致庸扶了他一把。

乔致庸爱才心切，但乔致庸更知道做东家的苦楚，他的高明之处，在于先拜会阎维藩的老东家，一方面了解阎维藩的情况，另一方面，也是给了阎维藩老东家和阎维藩本人极大的面子。

很多时候，人们会以为面子就是面上的事情，可有可无。但乔致庸乔东家的这个面子，背后其实是乔东家仁义的修养和缜密的思考。

所谓有面子的事情，其实，往往体现出来的是做面子的人的大气度和高风亮节。这个面子，体现出来的其实是信与义。

阎维藩摔跤了，但是，阎维藩没有跌倒，他路上的郁闷，是郁闷自己做事还不够稳当和周密，把一件本来的好事给办成了好听不好看的事情。

　　因此，摔了跤的阎维藩不乘乔家的轿子，先回平遥总号去谢罪。处分开除是处分开除，但是，情分和自己的本意不能因此而受到遮挡，他要向东家和大掌柜当面谢罪。

　　阎维藩谢罪是真心实意的，就是这真心实意更加重了老东家的爱惜和新东家的钦慕，阎的忠义在那一瞬间凝固成历史。

　　想以史为鉴的人们，从此就多了一面镜子。经理人要学阎维藩，对老东家的忠义；做东家的，则要学乔致庸的仁义，挖墙脚也要挖得仁义；做领导的，更要学习老东家挥泪斩马谡，是保持信义的榜样。

◆ 思考题 ◆

　　1. 乔致庸礼聘阎维藩的方式，表现了他经商处事一种什么样的风范？

　　2. 阎维藩回总号请罪，在今天看来显然是一个异样的举动，却表明他什么样的精神品质？

⑤ "十全之士"十年熬

【杰】

人，不怕入错行，就怕不入行，尤其怕入行不入道。不论公司，不论行业，要获得大而久、强而固的作为，不但要有理想、有追求，还要脚踏实地去实现。这一点，对大学生求职尤有借鉴价值。

1928年，山西新绛县北柴村的赵景亨历经二十多天、跋涉了两千多里到达兰州，出发前，家里已经安排好，他要进当铺做学徒。

赵景亨准备去的当铺是柴家开的，老大在家乡主掌家务，老二在兰州主管生意。出发前，他们家人先请柴家老大给写了介绍信。

到达兰州后，他拿着介绍信直接去拜访了柴家老二。

老二说，虽然有大哥的介绍信，但是，咱们晋商的规矩，具体用人的事情还要店里的掌柜定，我也只能是介绍一下。

柴家老二先安排一路风尘的赵景亨住下，第二天，在柴家老二的见证下，当铺的掌柜对赵景亨进行面试。

掌柜问："路上顺利不？"

赵景亨答："挺好的，谢谢掌柜关心。"

掌柜又问："念过几年书？"

赵景亨答："念过三年私塾。"

掌柜就说："那你写几个字吧。"

写什么字？赵景亨一时有些着急，这个面试要是通不过，可是连学徒也当不上。突然，他想起路上遇到的在外多年的老前辈说过"要学生意，进门多说吉利话"。

于是，他提笔就写下："人高门学习礼仪，遇名师教训成人。"

掌柜拿过来一看，笔体清秀，寓意吉祥。

掌柜看完就拿给柴家老二看，说："东家，我看这孩子行。"

就这样，赵景亨开始进入柴家当铺做学徒。

打扫卫生、给掌柜倒夜壶，跑前跑后，开始的十几天，赵景亨感觉着比从老家到兰州的路上还累：每天，掌柜的不休息，他就不敢有半点疏忽，事实上，因为他是最后来的伙计，所以，每天，他都最后一个休息，大家都休息了，他还要拿着灯火在铺子里再转悠一次。第二天早上，他又是起的最早的一个，一般，他先给柴家老二倒夜壶；接着把掌柜的夜壶倒掉，最后，才是伙计们的夜壶。

赵景亨这么辛苦，当然，很快，他也就赢得了大家伙的喜欢。

其实，在赵景亨的心里，他觉得自己既然是柴家老大介绍来的，就不能给人家丢脸，而况，自己年纪轻轻，学生意，老人们讲不都是这么过来的嘛。

倒了三年夜壶，打扫了三年卫生，这一天，掌柜的把赵景亨叫了过去："景亨，这几年干得如何？"

"掌柜，挺好的。"赵景亨回答。

"这样吧，你在咱们铺子里也三年了，按照咱们的规矩，明天，你就到前头柜上去吧。从明天开始，你就不再是相公，可以说是咱们铺子里的'二茬子'店员了。'二茬子'店员还没报酬，有问题吗？"

"掌柜的，没问题。您就放心吧。"赵景亨高兴地应了一句。

出了门，赵景亨高兴了。三年的学徒生涯终于熬过去了，没报酬是

甘肃张掖山西会馆

　　1724 年，在甘肃河西走廊，以"张国臂掖，以通西域"而得名的张掖，山西商人盖了一座关帝庙；清雍正八年(1730 年)，山西客民赵世贵、赵继禹、张朝枢等将始建于雍正二年的关帝庙改建为山西会馆，修建费用都由客商募捐。张掖山西会馆将宫廷建筑与民间建筑融为一体，形成起伏开阔，疏密相间，错落有致的院落群体。会馆内牌坊上的字是"威震华夏"，这四字牌坊，蕴含着当年晋商的责任和雄心。

没报酬，可是，这铺子要不是人家介绍，给钱也进不来。

出来前，父亲给赵景亨讲过一个铁鞋的故事，说是祁县大德通票号就做有一双铁鞋，面试时让学徒试穿，穿上了才有资格进号当学徒，穿不上就不会被录用。

他到兰州之前一直在想柴家当铺不知道有没有这铁鞋，还很是怕自己的脚穿不上那样的鞋，担心了半天。

因此，对报酬的事情他根本没有考虑过太多，生意是学出来的，商号能够给自己机会学已经不错了，还要什么报酬，毕竟，自己是什么都不会啊。

一想到明天就可以到铺子外面去站着，赵景亨就兴奋：自己这头三年是熬出来了，只要做了"二荏子"店员，就可以正式地学很多做生意的东西了，而且再熬上几年，报酬那不是一般的丰厚。

第一天上铺子外头，他不停地叮嘱自己要谨慎，更要堆满笑容，和和气气接待顾客。

来了兰州后，他看了一本书，叫《贸易须知》，里面有这方面的记载："说话第一要谦恭逊让，和颜悦色，言正语真，方成正人君子"；"生意人无大小，上至王侯，下至乞丐，都要圆活、谦恭、平和、应酬为本"；"柜上做生意，平心静气，和颜悦色、下气怡声，婉转相达，此乃生意乖巧之第一"。

因为满脸笑容、说话和气，上柜头几天，赵景亨就受到伙计们的表扬，都说他是做生意的料，赵景亨忙说，还不是咱们号里学下的，内心里，他想，那本书还真管用。

可是，四五天下来，赵景亨马上就发现新问题，以前做勤杂活还可以到处走动，现在说是到柜上了，可以做店员接待客人，但是，一天到晚这么站下来，而且又很少走动，站的时候笔直站立，有一天他感觉到腿都快站麻了。

原来，这站也是要真功夫的：必须是立正姿势。除非接待顾客，手绝不能放在柜台上。听老店员讲，有一次，有的伙计因此腿脚浮肿，铺子里有一个二莛子，还真晕倒在地上。正是："当铺饭，真难吃。站柜台，下地狱。没有金鸡独立功，莫来这里当长工！"

就这样，又是三年，赵景亨才得以成为柴家当铺的正式店员。

在晋商的商号、票号、当铺中，赵景亨的经历就是成千上万的晋商伙计们的缩影，虽然，他们的经历各自有不同，但是，他们中的大多数，就是在这样的类似过程中，逐步成长为商号的基础，为商号的发展立下自己的功劳，而他们自己，也从中获得了丰厚的物质回报。

◆ 解析 ◆

晋商的用人之道，就是以近乎严苛的态度，培养了一代又一代的人；而赵景亨们，就是在这样的一个严厉的历程中不断成长，三年、五年甚至更多的年头不给报酬，这在现代社会是不可想象的，但，正是这样的无报酬的日子，艰辛的日子，培养了晋商伙计们的心性。

赵景亨还没有遇到平常的考验"陷阱"。有的晋商商号，掌柜会在天井或什么地方故意放些看上去是不小心丢掉的银钱考验伙计，而有的伙计就没有经受住考验而被逐出商号。

李宏龄认为，"凡人心险于山川，难于知天，故用人之法，非实验无以知其究竟。""故一号之中，不敢断言尽是忠、敬、能、智、信、仁、有节有规十全之士，但不肖之徒难以立足。"

是啊，十全之士！不是简单的有能力，不是简单的乐吃苦，而是要"忠、敬、能、智、信、仁、有节有规"，这样的员工、这样的伙计从哪里寻找。

晋商的办法，是从十几岁的时候就进行培养，前几年不给报酬进行培养。

确实，"人心险于山川"，人心如何测出来，如何磨出来，晋商以苛刻的条件进行测和磨。

其实，山西人住商号有点像普通人去当兵，反过来说，晋商对学徒的管理又如同部队对新兵的管理，伙计（新兵）没有报酬，但是，他们获得商号（部队）的培养和教育，如果伙计（新兵）自己努力成长，就有机会继续成长为掌柜（军官）。

◆ **思考题** ◆

1. 到公司实习不给钱，你会干吗？

2. 晋商伙计的成长历程对当今的职场人士有何借鉴意义？

06 感恩保荐人

【信】

得人者昌，政界如此，学界如此，商界也如此。人才，永远是企业发展的根本——这根本，首先建立在如何选拔人才上。知人、识人、用人，李宏龄的求职、成长经历值得借鉴。

1847 年，李宏龄出生在山西平遥县源祠村。李宏龄的祖上曾经经商致富，但是，到了他父亲一代，家中已经由于种种原因没落了。

清同治初年，李宏龄在平遥县一家钱庄学做生意，几年下来，生意学成了，但是，钱庄却由于经营不善而倒闭了。

钱庄倒闭后，李宏龄就只好回到村里，等待新的机会。

1868 年的一天，同村的曹惠林偶然遇到李宏龄，奇怪地问："宏龄，你不是在钱庄学生意吗？怎么跑回村里来了？"

"哦，曹叔，是这么回事，钱庄啊，因为生意亏空关了。"

"那你就回来了？年纪轻轻，可不能就这么呆着啊。"

原来，曹惠林祖上和李宏龄祖上有些交情，李家后来迅速衰败，本地人都感到很奇怪，但是，对于李家的人，村里人尤其是曹惠林那是颇有好感的。何况，曹惠林是看着李宏龄长大的。

"那你下一步有什么打算啊？"曹惠林问。

"我当然是想出去做事了，可是您也知道，咱晋商，无论哪家商号，要进去那是需要保荐人的，你看我们家这情况您也比较清楚，好不容易找了个钱庄，还倒闭了。我这啊，正发愁呢。"李宏龄实话实说。

"最近我正好跟平遥的蔚丰厚票号业务往来频繁，他们那好像正缺人手。"曹惠林想了一下，"这样吧，我倒有个想法，你不是学钱庄生意的吗，现在票号挺时兴的，要不我回头问问，看有无机会推荐你到蔚丰厚去？"

"蔚丰厚票号？那敢情好啊。那我就等曹叔您的信了。"李宏龄深深地鞠了一躬，高高兴兴地告别了曹惠林。

隔了几天。曹惠林再到蔚丰厚票号办事，就跟大掌柜阎永安说起这件事情。

"大掌柜，我想向你推荐一个伙计。"

"哦，曹掌柜推荐的，想来应该不错，只要你担保，我这应该没问题。不过，你也知道，咱们蔚丰厚票号是有自己规矩的。"大掌柜说。

原来，晋商请人做事，是很有讲究的。他们往往以"家世清白"为切入点，尤其重视担保人的作用。

"大掌柜，规矩我知道。这孩子是我本村人，祖上也是做生意的，只不过后来败落了，人呢，聪明厚道，一表人才，学过几年钱庄生意，现在是因为钱庄经营不善关了，所以才想找个新东家。"

"那行吧，改日你写个荐书，把人带过来吧，我亲自见见。"

"哈哈，那就先谢谢大掌柜了。"说完，曹惠林就告辞了。

回到村里，曹惠林马上把消息就告诉了李宏龄，并告诉李宏龄准备一下，两天后到平遥去面试。

两天后，李宏龄穿着一身简朴整洁的衣服，随身背了一个小褡裢，跟随曹惠林就到了平遥县城。

面试当天，曹惠林就直接带着李宏龄到了大掌柜的房间。

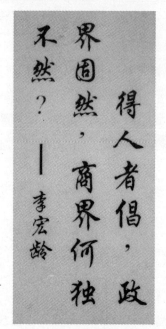

得人者倡，政界固然，商界何独不然？——李宏龄

李宏龄格言

欲得人，先识人，识人首重保荐人。这是晋商人才培养的窍门，李宏龄身受其福。

一进门，曹惠林就给李宏龄介绍："赶紧拜见阎永安大掌柜！"

李宏龄即朗声说道："本县源祠村李宏龄拜见阎大掌柜！"边说边鞠一大躬。

随后，笔直地站立一旁。

大掌柜略抬了下身子，算是答应，马上就请曹惠林入座。

见曹惠林入座，李宏龄跟着站到了曹惠林椅子旁边，步伐轻盈，行动敏捷。

大掌柜先看见李宏龄相貌清秀，就比较满意，听着李宏龄朗声拜见，而且把自己从哪里来的也一并说出，觉得小伙子很是机敏。接着再看李宏龄的站姿，笔直笔直的，显然，这个伙计是训练有素。

"好，说说你的情况？"大掌柜问。

"宏龄祖上经商，后来家道中落，先前学了几年钱庄生意，在钱庄时还做过跑街。"

"不错。正好我这有他们拟的发往分号的信，还有给京号的没写完，你来抄一下。"说着，大掌柜递了几张信函纸过来。

李宏龄接着，搬把椅子，坐到大掌柜书桌前，端正姿势，不到半个时辰，抄写完毕。

大掌柜和曹惠林说着话，接过来一看，"好。曹掌柜你看，咱们边说话，还边把事情办了。我看小伙子不错，这样吧，有曹掌柜的保荐，咱们明天就举行'请进'仪式。"

第二天，在曹惠林的见证下，李宏龄通过了大掌柜的面试，正式进入蔚丰厚票号。

李宏龄本来就是积极思考、努力工作之人，经过曹惠林这一保荐，实实在在给他找了个用武之地。不到一年，李宏龄就受到大掌柜的器重，外派到分号去了。

在晋商票号，这一旦外派，那就意味着号内地位的提升。李宏龄得此职业机遇，对曹惠林自是十分感激。

从总号出发之前，李宏龄特意请曹惠林在平遥县的一个上好酒楼吃了一次饭，作为答谢。由于李宏龄的优异表现，曹惠林也很有面子。

几年后，李宏龄在上海分号经营期间，山西来人告诉了他一个消息：曹惠林病故了，由于子女还小，曹家的生活陷入困境。

李宏龄一听这个消息，马上就写信给总号，向大掌柜预支了一些银子接济给了曹惠林家。

从此，李宏龄就担负其了曹家的经济责任，一直到曹家子女长大成人。

李宏龄在蔚丰厚票号四十余年，对票号的发展做出了巨大的贡献。因此，李宏龄也十分感恩曹惠林的保荐，更重要的是，他把感恩落实到了实际行动上。曹惠林当年的顺手之劳，也为其日后家庭留下了福音。

◆ 解析 ◆

在晋商的用人制度上，保荐人是相当重要的一个制度。

晋商在用人上，强调以"家世清白"为切入点，因此非常重视担保人的作用。李宏龄入蔚丰厚票号就是普通人入号的一个典型案例，也是晋商从伙计到掌柜的一个典型过程之一。曹惠林对于李宏龄的作用，就

在于其保荐作用。没有保荐人曹惠林，就没有李宏龄进入蔚丰厚票号的机会。

一般保荐行为实施，被保荐人的行为举止，其实直接代表着保荐人的形象。一旦出现问题，保荐人往往还要承担不仅仅是道德上还包括经济上的担保责任。

另据记载，"票号以道德信义为根据，…故选用职员，教养同人，非常慎重。……当练习生，求人说项之时，恐有不良遗传，必先问其以上代做何事业，出身贵贱，再侦询本人之履历资格……如属合格，择日进号。为郑重人格起见，名曰请进，即明白宣示。"李宏龄跟着曹惠林面试所经历的气势就是这么一个过程。

李宏龄在面试过程中的站立笔直、写字端正的表现，还应了这么一段："学小官，先要立品行。行有行品，立有立品，坐有坐品，吃有吃品，睡有睡品。以上五品，务要端正方成。"（晋商《贸易须知辑要》）

晋商对入号伙计的判断，首先就是建立对保荐人信任的基础上，也就是说，其实，在商号选人之前，保荐人已经进行了一次选择，因为，保荐人事实是往往是商号做过选择的具有相当信任的人。

晋商保荐人的制度，其实是在维系了一种信用网络。以信用网络为基础，晋商的用人实现了一种高起点。因此，李宏龄这样杰出人才的出现往往成为一种必然。

颉尊三在《山西票号之构造》一文中介绍了"同人担保"的内容："使用同人，委之于事，向采轻用重托制，乃山西商号之通例，然经理同人，全须有殷实商保，倘有越轨行为，保证人负完全责任，须先弃抗辩权。保证人与被保人之关系，如无特殊牵连，最不易找。倘保证人中途废歇，或撤保，应速另找，否则有停职之虞。同人感于如此严厉，再受号上道德陶冶，故舞弊情事，百年不遇。"

这段文字，说的是保证人的连带责任。那么，有保证人作保，再加上商号的道德情操的培养，山西的大掌柜们就这么一步步成长起来了。

通过保荐人自身，可以看到应聘者的交往能力和人脉资源；通过保荐人的社会地位和影响力，又可以为应聘者的工作能力和责任心提供一种信任担保。晋商的保荐人制度完全可以在今天的企业经营活动中完整地继承和应用。

◆ **思考题** ◆

1.除保荐人的作用外，李宏龄的哪些行为举止获得了大掌柜的认可？

2.今天的求职者，能不能拿着自荐书，或单位、个人的推荐信，去晋商票号求职？为什么？

第六章
"以商入世，忠义传家"

读书好经商也好学好便好

创业难守业亦难知难不难

————山西介休北贾村侯家二十世侯培余

主持修建的新堡新院过厅对联

01 少东家"膝下有黄金"

【勇】

人人都想创业，人人都想做东家，但是，真的创业成功了，真的做东家了，应该具有怎样的胸怀？

清道光初年，在山西平遥，一家新型的商号诞生了。这一天，东家李大全、大掌柜雷履泰遍邀全省相与，举行了盛大的开业典礼。平遥及周边太谷、祁县甚至太原的东家、掌柜们纷纷来祝贺新商号开业，席间，大家议论最多的，就是这新型的商号到底能够走多远。

几年以后，这家新型商号获得了巨大的利润，这家新型商号就是中国历史上第一家票号——日升昌。

日升昌票号的诞生源于两个人的努力——东家李大全和大掌柜雷履泰。

但是，正当日升昌票号开始为李家赚得大把利润的时候，一个巨大的危机出现了——大掌柜雷履泰要撤日升昌在各地的分庄，蒸蒸日上的日升昌要关门了！

原来，这一年，老东家李大全去世，少东家李箴视成为新的东家。"东少掌老"，少东家又是新任主家，对票号的人与事都有一个熟悉的过程，新东家和老掌柜之间的互相信任还没有建立，一时间，日升昌票号

雷履泰雕像

雷履泰,生于清乾隆三十五年(1770年),卒于道光二十九年(1849年),山西平遥县洪保村人,中国金融业泰斗、山西票号创始人,对我国金融业发展贡献颇大。

的局面有些微妙。在这个微妙的时机,一个名为毛鸿翙的二掌柜出现了,问题,就出在这个二掌柜身上。

少东家接手不久,大掌柜雷履泰生病了,这病得还挺重,雷履泰几乎下不了床。不过,下不了床的雷履泰可不敢对票号的号事有任何耽搁,躺在床上,他也每天让手下伙计按时汇报经营事宜。

二掌柜毛鸿翙一看大掌柜病得这么厉害,少东家又是新主事的东家,他的心里就有些活泛了:虽然票号的生意是大掌柜和老东家琢磨出来的,但是,作为李家老一辈的重要掌柜之一,毛鸿翙通过这几年的运作对票号有自己独特的见解,他想借着大掌柜病重的机会"出人头地"——升级做大掌柜了。

于是,毛鸿翙向少东家李箴视建议:"东家,咱日升昌这几年生意红火,多亏了雷大掌柜的辛勤经营,如今,大掌柜病成这样,我看,是不是应该让大掌柜回家好好修养修

养？号内的事情，有我在，您请放心。"

少东家李箴视一听，心想：对啊，雷大掌柜确实比较辛苦，我刚做主家，正是应该表现我体恤掌柜的时候，这样，东家、掌柜才能一心嘛。

于是，少东家李箴视就如此这般请雷履泰回家将养将养。

自己这场病，雷履泰心里很清楚，一是日升昌新创商业模式，这几年确实时刻不敢懈息，身心的疲惫早积累下来；二是老东家李大全的突然离世，失去商业上相知甚深的东家，他实在有些伤心。这两头搅和在一起，处理完老东家的事情后，心里一松劲，这病害真就上身了。

身为大掌柜，号内的一切人事行为，雷履泰自然尽收眼底，二掌柜的行为和想法，他岂能不知？按理说，有个如此能干的二掌柜，雷履泰是很高兴的，毕竟，有个好搭档；但是，一看二掌柜如此着急想出头，他又有些着急，日升昌毕竟是新生意，号事刚上正轨，哪容得这么快就换人？可是，东家毕竟换了，心意相知的老东家走了，少东家到底是什么心性，自己还真不知道。如今，少东家让自己回家休息，到底是什么想法，他自己心里也没底，干脆，自己就趁这个机会，号一号少东家的脉。

于是，病重的雷履泰就回家养病了。

二掌柜毛鸿翙一看大掌柜回家养病去了，马上在号内活跃起来，毕竟，雷履泰那时已经是将近60岁的人了，在毛鸿翙看来，或许，这一场病，将结束大掌柜的掌柜生涯。

然而，由于雷履泰回家之前并没有亲自召开号内会议，也没有直接授权给二掌柜，这样，一些各地的重要号事，二掌柜毛鸿翙的决策并不能够得到有效执行。

看在眼里，急在心上，少东家李箴视这时候才明白过来：快60岁的大掌柜离不得啊，这二掌柜还真挑不起这担子来。

挑了个阳光灿烂的一天，少东家李箴视前往雷家看望大掌柜。雷履泰听家人说少东家来了，就赶紧起身研墨做写信状。

雷履泰故居

位于平遥城内上西门街11号。始建于道光年间，距今已有一百八十多年的历史。整座院子坐北向南，是由两主院、两跨院组成的传统住宅群体。旧居主院为前后二进院，结构布局为轿杆式院落。并建于高高的台基上，山墙顶部有砖雕鱼图案，中厅为双坡硬山瓦顶房。

李箴视一进屋，看到雷履泰在写信，就说："大掌柜，看来最近身体恢复得不错，写什么诗文呢？"

雷履泰眼皮一抬，说："啊呀，少东家来得正好。听说号内事务最近有些不同，我年纪大了，看样子也没什么用了。这不，我正加紧写信通知我过去在各地设立的分号，让他们趁早撤庄回平遥哇，东家也正好另请高明。"

李箴视一听，心想：这下麻烦可大了，对大掌柜的能耐和心劲，自己是再清楚不过了，这一次，自己本来也就是想请大掌柜趁机好好修养修养，怎么会搞出撤庄的念头来，这不是要日升昌的命吗？

念头一闪，李箴视明白，自己一时的好心实在是考虑不周，突然，他双膝一曲，跪在雷履泰的书桌前：

"雷大掌柜，撤庄的事情可万万使不得，这是从哪里说起嘛。先父刚刚去世，您是先父的至交，更是日升昌的舵手。箴视年轻，处事不当处，还请雷大掌柜指点，千万不可妄生此念。当年，先父与您，创立票号，生意模式，前无古人，日升昌，有先父的资本，更有大掌柜您的心血，那是您和先父的性命啊。如今，先父刚去，先父遗志，已尽传于我，难道，您忍心让日升昌就此夭折吗？"

雷履泰回家，本来也是想试一下少东家的心事，做出写信的样子，更是一个招式而已，他一看少东家跪下，自己也慌了，赶紧走出书桌，对跪在少东家面前，老泪纵横：

"东家请起，如此，可折煞老朽了。号事从长计议，我听东家安排就是。"

◆ 解析 ◆

俗话说，"男儿膝下有黄金"。作为日升昌的少东家，能够在号事出现危机的时候为号事而向大掌柜下跪，恐怕，这也是一种前无古人后无来者的"壮行"。

雷履泰本无心解散票号，如今一看少东家如此胸怀，当年跟老东家李大全开创票号的豪气再次勃发，从此，更呕心沥血，由此，日升昌成为中国历史上的第一票号。

作为票号创始人的雷履泰，在创立票号之初，第一幸运是遇到了李大全这样的东家，才可能创新出一种全新的商业模式；他的第二幸运，则是遇到了少东家李箴视。

日升昌的治理结构是：东家作为出资人，需要的是利润，不干涉具体号事，面对的只是大掌柜；大掌柜则作为经营管理的全权负责人，直接对东家负责。因此，东家是具备第一生杀大权的。身为少东家、新东家的李箴视，能够在商号事务出现危机的时候，以"下跪"的方式表达自己的诚意，这实在是身为东家的一种莫大的气度。

当我们回望历史感慨日升昌票号的成就的时候，我们不能忽略雷履泰作为大掌柜作为经理人的敏锐眼光，但我们更应该看到大掌柜背后的东家——日升昌是幸运的，因为有雷履泰操盘运作；日升昌是幸运的，更因为有李大全、李箴视这样的东家。

少东家李箴视的壮举，典型的代表了晋商东家们的开阔胸怀，应该说，也给古今中外的东家们做出了一个榜样。在中国改革开放三十年后，中国开始出现第二代富裕人群，"富二代"里，谁有李箴视的胸怀，也许，谁就将成就中国新一代的"日升昌"。

如此的壮举，果然，"跪出"了无数的黄金：据估计，从道光到同治年间五十余年的时间内，日升昌的东家李氏从日升昌票号分红达 200 万银两以上。

如此的壮举之后，二掌柜毛鸿翙只能退出日升昌，然而，就是这个退出，演绎出晋商票号历史上的一出大戏，毛鸿翙虽然未能在日升昌有所作为，却创出了晋商著名的蔚字五联号票号，由此，票号作为晋商的一个新产业成就了晋商新的财富传奇，当然，这就是后话了。

◆ **思考题** ◆

1. 为什么说少东家李箴视的下跪是一个"壮举"？
2. "富二代"能从少东家李箴视的行为里学到什么？

02 闯关东"饮水思源"

【杰】

在今天的中国，"富二代"已经是一个社会现象，如何从"富二代"发展到"富N代"，首先是这些富裕家族的接班人问题，也是研究者必须关注的社会问题。曹三喜闯关东"饮水思源"，应该是对这个问题的最好解答。

太谷曹家的始祖名叫曹邦彦。那时候，曹家还住在今天太原市的花塔村。像所有的周围邻居一样，他们勤俭持

太谷曹家三多堂的大门
门联文字为："心存裕后莫如勤俭持家；志欲光前惟是诗书教子。"勤俭持家，诗书教子，这正是晋商坚持的治家理念。

家，艰苦奋斗，就是如此，靠天吃饭、靠地吃饭的曹家，也不过是紧巴巴的日子，天时好则日子好，天时差日子也就差了。之后的几代，有人突然领悟到，纯粹靠天靠地吃饭，日子实在是没有保障，而倒买倒卖不同地域的不同物品，实在是一个可靠的富裕渠道，于是，做买卖逐渐成为曹家多余收入的来源。做生意辛苦，但是，曹家人不怕辛苦，长途贩运，沿街贩卖，几代过后，到十一代曹晋卿的时候，曹家已经有不错的积累，再也不用为日常生计发愁。

明太祖朱元璋洪武年间（1368—1398年），曹晋卿离开太原，出资购买了山西太谷县北洸村的一片土地，把家族带到一个全新的地方。

作为曹家的第14代传人，曹三喜从记事开始就知道，曹家是一个商业家族，尤其是曾祖父曹晋卿，作为曹家到达太谷的第一代创始人，对曹三喜的性格和眼光影响很大。

由于曹家在当地逐渐扩大的影响，家族对曾祖父的敬畏和周围乡人对曾祖父的尊敬，让曹三喜对这个曾祖父充满了敬佩和好奇，他从小就好奇：太原是什么样子，为什么曾祖父要把全家带到太谷来？等等。

这些问题，小时候他问过曾祖父，曾祖父总是笑着说，"你长大就知道了。"一直到他长到十五六岁，曹三喜问完曾祖父问祖父，问过祖父问父亲，问了父亲问母亲，谁也没告诉他为什么。于是，这个问题，还就真成了曹三喜成长过程中的一个问题。

这一年，曹三喜结婚了，虽然年纪尚小，但是，毕竟，两个人的日子、两个人组成一个新的家庭单元的日子，还是让曹三喜开始自己思考一些问题。家中的生意也开始接触了：曹三喜出生后的曹家，已经从长途贩运的贸易转为在太谷当地的坐商，有了自家的很多生意，其中，醋和酒是主要的两个品种。醋和酒的主要原料是高粱，随着曹家生意的扩大，对原料的需求就越来越大。

本地的高粱已经不够用了，这些原料现在越来越多地需要从外地购进。辽宁盛产高粱，而且品质很高，成为曹家生意原料的重要来源地之一。

有一天，父亲一大早就把曹三喜叫到商号里，说要跟他商量一件重要的事情。

"三喜，结婚几年了？"

"父亲，快有两年了。"

"接触咱家生意也有几年了吧。你有甚想法？"

"父亲，有三四年了。咱家生意是越来越大，我感觉就是事情越来越多。"

"我想跟你商量一件事。你看，咱家生意的原料越来越紧张了，我想叫你到辽宁，看你能不能常驻在那里，解决一下原料问题。给你三天时间想想，和你媳妇商量商量。"

"行，父亲，我好好想想，和我媳妇商量商量。"

家里生意越来越好，曹三喜有感受，但是，生意似乎越来越不太容易做，他多少也有些感觉。到底为什么？今天父亲一说，曹三喜算是明白了，原来，货倒是好卖，但是，现在货不好做也是事实，原料，反而是个问题了。

曹三喜回到自己的房间，跟媳妇说，"家里生意原料不够，父亲想叫我到辽宁贩原料去。"媳妇说，"那你考虑好，我咋都行，大家的事也是咱这个小家的事。"

媳妇是好媳妇，听个人的，但是，个人到底该怎么办？

外出？到辽宁去？

外出的事情，父亲倒是讲过，说曾祖父和曾祖父以前的先人经常到外地去贩东西。可是，自从曾祖父带着全家搬到太谷来，家里人就很少外出了。

想到曾祖父，对，曾祖父，或许，自己应该去看一看曾祖父了。

第二天一早，曹三喜就带好祭祀的物品，到村外去给曾祖父上坟。把酒倒好，把水果摆好，曹三喜认认真真地对着曾祖父的碑拜了三拜，然后，跪了下来：曾祖父，告诉三喜吧，咱家几代人都不外出了，三喜该怎么办？

天空是晴朗的，风几乎没有，周围又是那么寂静，跪在曾祖父坟前的曹三喜，有一阵快要睡着了。

突然，小时候的问题从记忆的深处浮起来：曹家为什么要从太原搬到太谷来？这个问题，曾祖父一直到去世也还没有回答自己呢。

曹家为什么要从太原搬到太谷来？

我曹三喜为什么要从太谷到辽宁去？

曾祖父不回答自己，自己也一直没闹明白；但是，曾祖父虽然没有回答自己，曾祖父可把这事情做了。得，我曹三喜也不问了，曾祖父能从太原到太谷，我曹三喜就可以从太谷到辽宁。

想到这里，曹三喜从太阳当顶的晕眩中突然醒悟过来，他郑重地给曾祖父磕了一个响头：曾祖父，三喜要去辽宁了。

第三天一早，曹三喜带着媳妇，一起到了自己商号里，跟父亲说，"我们想了下，决定一起到辽宁去。"

父亲说，"三喜，好样的。家里等着你的好消息。"

准备了差不多一个星期后，曹三喜带着媳妇，带了选好的三个伙计，从太谷出发，前往辽宁。

从山西出发，沿着中原通往东北的古道，曹三喜一行，最终落户在一个名为三座塔的地方，这个地方，后来发展为今天的辽宁朝阳县。三座塔作为陆路交通枢纽古道上的一个地方，当地盛产高粱、大豆，正是曹三喜所希望寻觅到的地方。

看好三座塔后，曹三喜开始在当地购置了几所房屋，前店后厂，开始

了自己在东北的创业历程，这个商号，他给起了个名字——三泰号，意思是三座塔的太谷商号，太谷的意思又取了谐音"泰"，希望生意兴隆。

在这里，曹三喜一方面安排购置原料送回太谷老家，支援家里的生意；一方面，曹三喜到达时的三座塔，本地人商品意识很弱，他又迅速添置设备，生产烧锅酒。

曹三喜学习曾祖父刚到太谷与邻居、客户友好相处的办法，在三座塔，诚心经营，努力做事，凭借着曹家几代相传的生意头脑，三泰号的生意迅速扩大，几年以后，曹三喜的生意扩展到油坊、酿醋等等，伴随着古道上的三座塔人口越来越多，曹三喜的生意实力逐渐增强，并开始向四周扩张。

曹三喜从小想问曾祖父的问题，这时候对他自己已经不是问题了，作为自己的亲身体验，反而，他想到的是，后人有这类似问题的时候怎么解答。

多年以后，创业发达的曹三喜回到太谷修建了曹家大院，大院里有一个神祖阁，阁楼里供奉着祖先画像、整整齐齐地陈列着6件物品：推车、砂锅、打狗棍、扁担、石磨、豆腐筐。祖先画像两边有对联一副——

上联：推车扁担开创三泰商号；

下联：三泰商号经营推车扁担。

横联"饮水思源"。

据说，每年春秋两季，曹家的长辈都会率领儿孙开阁祭奠，叩头烧香，长辈会给儿孙讲述家族的创业历史，以纪念祖先创业的艰辛，教育儿孙。

这个阁楼和这副对联，就是曹三喜对自己当年疑问的最佳答案。

以这个阁楼为起点，到清道光咸丰年间，山西太谷曹家的商业发展到鼎盛时期，据传商号达640多座，资产高达1000余万两白银，总雇员达37,000人。曹家的商业版图，不仅以太谷为中心向中原各大城市辐射，雄踞了大半个中国，更跨出国门，走向世界——日本东京、朝鲜平壤、俄国的伊尔库茨克、恰克图、蒙古乌兰巴托、德国的柏林、法国的巴黎、印度的新德里、英国的伦敦，创下了中国商业史上不朽的辉煌。

◆ **解析** ◆

在晋商的历史上，曹三喜是到东北地区创业发展的典型代表。

关于曹三喜，所谓的"正史"的故事是这样的：曹三喜为生活所迫，不得已到辽宁三座塔谋生，从磨豆腐为人打工开始，到成立自己的商号，然后杀回山西太谷老家，逐步布局全国生意。

不过，我更喜欢我在这里所讲述的这个故事，这个故事，于我，更真实一点，而这个故事的出处，则是一个如今在北京的曹家后人在自己的博客上所讲述的。

讲述人叫曹益政，讲述的地址是 http://caoyizheng99.blog.163.com。曹益政的讲述核心是曹三喜到辽宁的时候是带着资本去创业的。

但是，为什么去创业，这才是本文要探讨的核心。

关于曹家，最经典的讲述是这个家族曾经享富 24 代，不过，按照曹三喜的排名，他是第十四代，后面的真正享受富裕的也就 10 代。

那么，曹家为什么能够享富 24 代呢？

其实这也是曹三喜小时候内心的疑问：曹家为什么要从太原搬迁到太谷？还有曹三喜离开太谷前往辽宁的疑问：我为什么要去辽宁？

曹家开始的日子是很普通的，就如同他们周围的邻居一样，天时不好的时候也要挨饿，但是，曹家懂得挪动，于是，他们通过贩卖不同地域的产品，让不同地域的百姓获得了不同产品的使用机会，就是这个使用机会，曹家因此获得了额外的收入。

因为有额外的收入，11 代曹晋卿才有可能在太谷买一块地。显然，

曹晋卿在太谷买地的原因，还在于太谷有一个潜在的市场。

生活的真谛和对美好生活的追求，一方面，要靠自己对人生的体悟和思考，例如，曹家的先祖，就是通过生活观察到做生意才能够带来好生活；另一方面，每个人其实都需要有人指点，曹三喜到辽宁去创业，为什么要去，他们家生活过不下去了吗？不是。那为什么要去？也没人告诉他。

但是，实践出真知，实践出敬畏。

曹三喜通过自己到辽宁的实际行动，体会到了当年曾祖父从太原迁移到太谷的原因和用意，因此，他懂得了敬商爱商；曹三喜的更伟大之处，则在于他把自己的体会和心得以一种可见的方式传承下来，他修建神祖阁，要告诉后人生活的艰辛和活着的价值。

懂得"饮水思源"，是曹三喜大成功的秘密所在。

传授"饮水思源"，则是曹家享富24代的秘密所在。

◆ **思考题** ◆

1. 出生于富裕之家，曹三喜有必要到辽宁创业吗？
2. 怎么看待曹家享富24代的秘诀？

03 买烟"不差钱"

【义】

胸存浩然正气,方能义薄云天。义,就是正义、义气。前者就是为大多数人着想,能大义凛然;后者要忠实于自己的伙伴,勇担责任。忠义之士,正义之行,这就是晋商朱紫贵买烟的故事。

在河南郏县的临沣寨,有一家在明万历年间从山西洪洞迁移来的朱家,凭借晋人的经商智慧和艰苦努力,大约200年后,朱家在清朝成为当地富户。朱家有个朱紫贵,身为商人,有信有义,在当地是个实实在在的名人。

朱紫贵喜欢饮茶,有早饭后喝茶的习惯。这一天,他茶后到寨子外散步,遇到一个相识的老板,闲聊了几句。

老板问朱紫贵:"朱老板,听说没,今年紫云山的烟农可倒霉了。"

朱紫贵问:"甚?烟农咋了?"

老板说,"还能咋?烟价又跌了。不说了,我还有事,回头聊。"

原来,临沣寨东侧有个紫云山,这一带四季分明,雨量适中,特殊的地理环境为烟叶的生长创造了良好的条件,本地烟叶以其叶片肥厚,色泽金黄,油分适中,气味香醇而驰名中外。当地种烟的历史悠久,很早就有人种植晒烟,明清时期,这一带种植的"山儿西"烟草就已经非

常有名，吸引着来自上海、天津等地大小香烟制品厂的老板前来定购。

烟农种烟，本是十分辛苦的活计，虽然经济效益较其他农作物可观，但其繁琐的生产工序、繁重的劳动投入也是其他农作物所不能比的，有"七成收，八成丢"的说法。可以说，要想发"烟"财，必须得付出万般的辛勤与努力才行。

河南郏县山陕会馆

据《平顶山市志》记载：郏县山陕会馆位于西关大街，建于清康熙三十二年（公元1693年）。山陕庙门外有照壁一座（见图中右边），宽8米、高7米、厚1米，基座用石质地坚硬，加工平展，灰泥抹缝，密不透水。上部用青砖砌造，青瓦覆顶。壁阴正中砖雕砌筑圆池一个，镶嵌砖雕团龙，生动活泼。民国期间，壁前河水泛滥，周围民居坍塌过半，照壁四周被洪水潆挖成潭，而照壁却孤岛孑立，岿然未动，被时人称之"镇河将军"。

烟农的辛苦，朱紫贵原本也听说过，但是，近来的风声是，烟厂需求扩大了，烟农的效益本来应该好些才对啊。

想到这里，朱紫贵回到寨子的第一件事情，就是安排了刘掌柜到紫云山打听一下到底是怎么回事。

傍晚时分，刘掌柜回来，报告了事情的原委——

原来，外地商人收购数量的扩大，本来对烟农是件好事情，但是，当地从事烟叶贩售生意的中间商却联合外地烟厂老板对烟农压级压价，从中渔得厚利。

"刘掌柜，这样吧，你再辛苦一下，去打听打听今年的烟叶买卖甚时候做？怎么个做法？"

第二天，刘掌柜回来报告，"东家，今年的烟价行情果然下跌了，听说是一块钱一斤，烟农们不想卖，因为卖得越多，赔得越多，可是不卖吧，就纯粹赔了，烟农可怜啊，贩烟的人心太黑了。今年的议价在五天以后，地方还是往年议事的老地方。"

"行了，知道了。刘掌柜你辛苦了。"

襄城县气候温和，土地肥沃，以烟叶种植历史久远，闻名全国，历来就有"金襄"之称，所以，方圆几个地方的烟行议价就在襄城。

烟行议价的地方在襄城县烟行会馆，每年由本地的烟行老板做东，外地的烟行老板派代表参加，当天就议定一年的烟叶行情。

5天后，在襄城县的烟行会馆里，本地外地的众烟商正在品茶寒暄，烟商们的脸上，洋溢着满足和得意，因为，之前几天的沟通下来，本地烟商已经达成协议，将以1元1斤的价格进行收购，如此一来，本地烟商的利润空间大了，而外地烟商，也将分享这一次低价收购的部分利润，当然，烟农无疑是其中唯一的受害者。

当烟行会馆里洋溢着得意和期望的时候，会馆门外，则是徘徊踌躇的满面愁容的周围各地的烟农代表，这一年一度的议价，决定着烟农们

家庭的生计。

正午时分，是常规宣布当年烟叶价格的时间。

酒席已经摆好了，随着时间的一步步临近，从会馆外面襄城最好的酒楼做的菜已经传进来了，酒席开始，宣布烟叶价格后，就是当地人"喝汤"（也就是喝酒）节目的开始。

突然，会馆门前走来一个身穿破袄、腰系草绳的人，在会馆门外徘徊的烟农们以为是从哪里来的烟农代表，有一个就上前询问："老兄，你是从哪里来的？价格还没宣布，不过，估计只会低不会高了。"

破袄草绳的来人只抬头看了一下搭话的烟农，微微笑了一下，摇摇头又点点头，就径直走进了会馆。

搭话的烟农见来人没答话，自己嘟哝了一句，又转回原来的位置去了。

烟行会馆内，热闹的气氛比先前更浓烈了，外来的堂倌已经打开酒瓶开始斟酒了，烟老板们，也已经开始互相推让着入座，渐渐地，席位上开始坐上了一个又一个的烟老板。

渐渐地，烟老板们的目光，逐渐把目光更多的漂移到酒席首席的位置，烟行的规矩，那个位置，只有出价最高的、也收烟最多的老板才有资格坐。

破袄草绳的来人，此时，闪过几个堂倌，电光石火间，稳稳当当地坐到了酒席的首席位置。

"哎，那是谁啊？"有烟老板首先喊了一句。

"快，伙计赶紧来，怎么跑进这么一个闲人来，快赶出去。"另一位烟老板跟着喊道。

这时候，整个议事厅的目光都聚集在了破袄草绳的来人身上。

议事厅在瞬间鸦雀无声。

"别喊了，按照咱们烟行的规矩，不是谁出价最高、谁收烟最多，谁就可以坐这个首席吗？今天，出价最高、收烟最多的人就是我了，这个位置我是坐定了。"

破袄草绳的来人一出声，议事厅又瞬间炸锅了。

"谁？"

"我不认识啊。"

"最高价？你出多少啊？"

"你收多少啊，别不是疯子吧。"

"啊呀，这不是朱东家嘛，怎么，什么风把您请来了？"终于，襄城本地最大烟行的吴老板认出了来人的身份。

"谁？"

"大名鼎鼎的朱东家还能有谁？朱紫贵啊！"

"啊？！"

"大家静一静，"吴老板说话了，"大家静一静，朱家向来并不做烟叶的生意，朱东家的精明我们是早有耳闻了，我想代表大家请教一下朱东家，敢问朱家是要插手烟叶生意吗？不知道朱东家准备了什么样的价钱？"

朱紫贵正襟危坐，宏声问道，"请问吴老板，今年烟叶的最高收价是多少？"

"一块钱。"吴老板答。

"那好，朱家出价 10 块。"

"什么？出价 10 块？朱东家，您说的是真的假的？"

"朱家做生意，有二价吗？各位还有比我更高的出价吗？有的话，喊出来，没有的话，通知烟农们，到我朱家来卖烟吧。"

朱紫贵买烟的消息，两天之内，传遍了四方烟农。烟老板们不相信朱家会插手烟叶生意，烟农们也不敢相信朱家真的会以 10 块钱的价格收烟。

但是，事实胜于雄辩。

当胆大的烟民真的从朱家以 10 块一斤的价格卖出烟叶后，朱家的商号门口，排满了四方赶来的烟农。

没几个月，本地的烟叶几乎被朱紫贵一人收购干净，烟农们因此大赚一笔。

先前还有所怀疑的烟老板们，眼看着朱家出的高价，自己出不起也不敢出，集体陷于无烟可收的状况，也就是这几个月，库存的烟叶卖光了，外地的烟老板，也无法拿以前的价格收到烟叶了，他们所能做的，就是等待朱紫贵定出新的价格。

三个月后，襄城烟行的吴老板，和几个本地、外地烟行老板的代表一起带着厚礼前往朱家拜访朱紫贵。

寒暄过后，吴老板先说话了，"朱东家，咱们明人不做暗事。我等今天上门，特地请教您，咱们烟行下一步怎么走？"

"吴老板言重了，烟行怎么走，我朱某人哪有发言权？那还不是你们烟行会馆说了算？"

"呵，"吴老板干咳一声，"朱东家，您也就别逗我们了，现在我们可是无烟可收，更无烟可售了。咱们方圆几十里的烟叶，可都在您的手里了。烟叶的行情，现在，就是您一句话。"

"好，既然吴老板这么说了。我就先请教一句，咱们本地烟叶的公道价钱，应该是多少？"

"三块。"

"那我问诸位一句，如果我朱家以三块的价格出手烟叶，不知道诸位有无兴趣？"

"三块？！真的？"吴老板和其他烟老板代表几乎异口同声地喊了一句。

"吴老板，诸位老板，朱家本无心插手烟叶生意，可是，烟叶是咱本地乡民的主要营生，这几年，烟叶价格越来越低，烟农种得越多，赔得越多，很多烟农已经不想再种下去了。诸位只是想以低价获取更多的利，我不知道诸位想过没有，如果有一天，烟农们都不种烟了，各位还做什么烟叶生意？就像现在，诸位无烟可收、无烟可卖，你们怎么办？说透了，我们做烟叶生意的，还要靠着烟农呢？价格越来越低，逼得烟农弃烟从它，对谁有好处？"

话说到这里，吴老板们这才明白朱紫贵买烟的用意。话说透了，理挑明了，事情也就简单了。烟行老板们以3块的公道价格从朱紫贵手里收到了烟草，从此，本地的烟叶市场规范公道，朱紫贵并没有从此涉足烟行，吴老板们请朱紫贵担任襄城烟行会馆的名誉会首，朱紫贵答应只做一年，权当感谢烟行老板们的美意。

或许正是因为朱紫贵这一次的买烟，当地的烟叶种植产业健康地发展下来，郏县、襄城一带，一直到现在，都是全国著名的烟叶种植基地。

◆ 解析 ◆

"水能载舟，也能覆舟。"政治如此，商业也如此。当政者是舟，老百姓是水；商家是舟，消费者是水。

作为晋商，朱紫贵深刻地明白这个道理，不能竭泽而渔。

郏县也好，襄城县也罢，其实都是朱紫贵赖以生存的消费者圈子。商业是朱家的基础，百姓就是朱家商业的土地，因此，朱紫贵诚实守信地对待客户，因为从根本上来说，没有百姓的安康就没有朱家商业的兴旺。

朱紫贵是商人，但朱紫贵更是一个对社会民生经济有深刻认识的商人，他深刻地理解，与百姓、与消费者的和谐共处、互信互惠才是商家的生存之道。

就烟叶市场来说，朱紫贵本不经营；但是，作为当地大市场的重要

力量，任何微观市场或者说子市场的情况将直接影响到大市场的发展。

本地外地的烟行老板们一年年地压低烟叶的收购价格，从本质上来说，是一种竭泽而渔的做法，虽然，眼前是烟行的利润多了，但是，从长远来看，就是烟农因为种烟总是赔钱而逐渐不种烟，而随着本地烟农种植对象的转移，发展到极致，就有可能是本地将不再种植烟叶，到时候是谁损失呢？当然首先是本地的烟行老板，其次才是外地的烟行老板。如果说外地的烟行老板还可以转移到其他地方收购烟草的话，本地的烟行老板则成为最直接的受害者。到时候出现的情形是：烟农种植对象转移，本地烟叶市场消失；本地烟行老板无烟可收也面临着经营对象的转移，于是，本地的支柱产业消失，本地经济将遭受严重打击，当然，作为本地市场最大的商家，朱家也将受到"株连"。

朱紫贵以自己的实际行动而不是说教的方式告诉大家，行业需要大家共同维护，大家才都有利可图；任何压榨某一链条利润的做法都是短期行为，最终将形成波及整个产业链甚至整个宏观市场的危害。

俗话说，行胜于言。朱紫贵以实际行动演绎了一场未来可能出现的行业危机，从而也从根本上挽救了当地的烟行。

忠义之士，正义之行，这就是晋商朱紫贵买烟的故事。

只要有一个行业对消费者形成消费压榨，那么，这个行业其实是在侵蚀社会的整体利益。朱紫贵买烟的行动，不惜代价，不计成本，其实是在维护区域经济的整体利益。

◆ 思考题 ◆

1. 朱紫贵为什么不趁机垄断烟叶生意？

2. 当前的房地产业，罔顾普通百姓的购买力，极力拔高房价，是不是在竭泽而渔？这对其他产业的发展有没有影响？

04 "发财也要有够"

【勇】

两军相对勇者胜。勇者，有胆识、有决断，胜利并不来自一味莽撞的向前冲，要敢于激流勇进，更能激流勇退，大智与大勇往往伴生，做一个智勇双全的真勇者。

清时，祁县有句民谣："旺财主，有眼力，经商不钻钱眼子。"这个旺财主，说的是晋商渠家的渠源浈。

1860 年（咸丰十年），渠家兄弟们合股在平遥县开办了一家名号为"百川通"的票庄，渠源浈一人独自出资 30 万两白银。

百川通票号开业后，生意十分红火，几年下来，财东、掌柜都十分高兴。自然，渠源浈也是获益匪浅。

这一年，百川通柜上突然收到一笔 3000 万两白银巨资，巨资的主人是旗人，存银的人说："我们看上的是你们渠家的信用，这笔银子我们的想法是能够保本，至于利息，倒不需要。"

百川通做生意多年，也接到过不少大笔的银子，但是，像这一次如此巨大的资金，还是第一次。

所以，安顿好资金后，掌柜们就先开了个会，有意见说，要当心这笔钱的真实用意，这么大的钱，真像客人说的那样，那对咱们是好事

百川通票号旧址

　　创办于清咸丰十年（1860年），民国七年（1918年）歇业倒闭，财东是祁县渠家大院的主人渠源浈，渠家是由第十四代继承人渠同海在包头、内蒙古一代经营粮油、茶叶、私盐发家的，后来发展到绸缎庄、钱庄、茶叶庄，在近一个世纪的商业中积累了丰富的商业资本，号称"晋商八大富豪之一"。票号在创办之后，为纪念这位前辈，以他的字"百川"命名，因此取名"百川通"也就是希望"百川通大海，财源滚滚来，水到渠成，川流不息"。

　　　　　　　　　情；但如果是有人存心陷害，那就是十分谨慎了。

　　　　　　　最后，掌柜们商议的结果是，不管怎么说，资本金增加了，对票号还是好事，但是，必要的风险控制还是要做好，毕竟，万一人家突然要拿走，票号拿不出来可就麻烦了；其次，这件事情马上报告东家们知道。

第二天，大掌柜就把这件事情报告了东家。

渠家兄弟们一听，都说这可是大好事，说明咱百川通的信用好，这么大的资金都存进来了，这一下可以做几年好生意了。

当兄弟们乐呵开心的时候，渠源浈心里可有了想法，他一时还没琢磨明白是怎么个意思，但是，所有的财东中，只有他认真地叮嘱了一下大掌柜，要大掌柜千万注意防范风险。

掌柜们的心思，倒还确实在防范风险上。毕竟，虽然大家都没说出口，而且客人说的也很好听，"是奔着渠家的信用来的"，但是，生意场上难免什么地方就是个坑，还真得防备着点，万一是竞争对手或者什么人设置的一个"坑"呢？

大掌柜有心防范，因此，头三个月，这钱，还真基本没动，业务方面，一切照旧。

三个月后，号内专门为这笔钱召开了第二次会议。

这一次会议上，有人主张，是不是可以在资金调度上略微有些放开了。毕竟，这么一大笔钱，如果是别人拿来做套的，这么长时间，也实在想不出谁家可以搞这个事情。

做票号的，尤其是做掌柜的，都知道生意的风险，但是，没有风险的生意还算什么生意，百川通的掌柜们都是票号业一等一的高手，遇上这千载难逢的机会，这运作手法就从此一天天地放开了。做票号的，手上可运作的资金多了，自然，业务也就多了，这一财年，结算的时候，每股的分红数字大大增加，达到每股 10000 余两。按渠源浈的股份，这一次结算，就是 10 万两啊。

又过了一个财年，渠源浈又结算了 10 万两分红。

这个时候，无论是财东还是掌柜，大家伙似乎已经忘记了那 3000 万两白银是人家客户存的，可不是给票号的。这几年，业务量的大增，百川通也由此名震全国票行。

新的一个财年结束后，这一天，渠源浈突然召集渠家股东们开会。

"各位兄弟，咱们合股经营百川通这些年来，百川通已经为我们带来非常好的回报，这些年来，我不但收回了我的本钱，而且还赚了一倍多。我想，各家的情况也应该差不多吧。今天召集开这个会呢，是我有个想法，我想，咱们百川通票号是不是该收一收了？"

"什么？收一收？出什么事情了吗？这不是经营得正红火呢吗，还是别收吧。""重财主"渠源洛先说话了。

"我倒是感觉收缩一下有道理，毕竟，这几年生意的红火，跟那笔巨大的存款有相当的关系，如果不做点及早收一下的打算的话，一旦人家钱取走，临时收出乱子的几率就要高得多。""金财主"渠源淦慢悠悠地表达了自己的意思。

"生意之道，原本也就在那惊险一跃之间，我看可以往前走。""田喜财主"渠源潮显然没有收的意思。

讨论了半天，还是想做的意见为多，收缩的意见较少。

渠源浈说："咱们各是各的意见，我看一下也统一不了。那我说下我的意思吧，我还是先把股退了吧。以后百川通的事情我还是不想参与了。"

话说到这个份上，而且渠源浈的退股意愿如此强烈，因此，退股也就很快办妥了。

这事情说来也怪，就在渠源浈退股不到半年，那笔巨款的主人就把钱取走了。百川通一下少了这么多资本金，生意都放出去了，收还真不好收，再加上巨款取走的传言也引发部分挤兑，百川通票号一下子就受了伤。

俗话说，这上坡容易下坡难。

很快，百川通的生意就下来了。

百川通的生意一下来，原来对渠源浈不以为意的人们，都开始好奇渠源浈当初的想法。

众人猜来猜去，什么说法都出来了，更有甚者，还猜忌他与那巨款有关，猜到这地步，渠源浈就实在不能不说什么了。

这一天，渠源浈在自家的商号里，跟掌柜们讲了自己的道理：

"人人都想发财，人人都想做生意，人人都觉得做生意简单，其实，生意难易核心在于对时势的把握。为什么我要从百川通退股，原因就在于我对生意时势的把握。百川通生意本来就好，再加上又有巨资存入加强了信用力量。但是，问题恰恰就出在这个巨资上，凡事，一旦到了那好上加好的时候，也就是要小心谨慎的关口。好事多了，我们的谨慎心就少了，而我，常常是越是好的时候越谨慎，这时候，规避风险的最好办法就是远离风险。"

掌柜们一听，这才明白东家从百川通退股的原因，从此，在渠源浈的商号和票号内，时刻谨记风险，生意越好的时候风险规避措施越严厉，这些意识和措施，也从根本上造就了渠源浈一脉的日益繁荣。

◆ 解析 ◆

《老子》五十八章有云："祸兮福之所倚，福兮祸之所伏。"好事情和坏事情往往是相互依靠，互相转化的，没有一直的好事情，也没有永远的坏事情。

百川通票号的生意，其实就是在这样的一个过程中。百川通东家掌柜和谐相处，互相信任，因此生意甚好，发展迅速，这时候，再加上外部巨资存款的客观帮助，使得百川通的生意达到了好的巅峰状态。

渠源浈之所以退股，就是他清楚地看到了巅峰状态的出现，他明白，极好过后就是逐渐的衰退。因此，他提出了退股，也从根本上远离了损失。

渠家其他兄弟，也隐隐地感到了这种衰退的潜在可能，但是，出于

对利益的追逐，他们更愿意相信，这种衰退短期之内不会到来。

显然，不是大家意识不到危机；而是大家在对待危机的处理办法上完全不同。

我们知道有"穷寇莫追"的说法，就生意场上来说，应该养成"厚利莫逐"的习惯。

有拿下项目的勇气不难，敢于放弃有利润的项目才是最难的，渠源涠退股百川通的历史案例告诉我们，真正的长久财富的获得正是在这种"舍与弃"之间才成功的。

所谓企业的健康，就是要居安思危，时刻注意企业在市场环境中的好时候与坏时候。当年，华为的任正非正是因为提前对 IT 冬天做了准备，才在冬天来临的时候及时穿上暖衣，穿上暖衣过冬的华为就趁着一次又一次的冬天成就了一次又一次的飞跃。

所以说，好企业的成功就在于当宏观市场出现坏时势的时候，它有足够的预警能力和解决方案。

◆ **思考题** ◆

1. 传统商业智慧讲究"人弃我取，人取我与"，做生意如何体会这"取"和"弃"？

2. 证券市场有句俗话，"会买的不是师傅，会卖的才是师傅。"这里头表明了一个怎样的商业道理？

05 "惜" 米面内外不同

【仁】

仁者爱人，这爱，就是宅心仁厚，博爱世人。当灾难降临，是收紧口袋光顾自己，还是敞开大门兼济天下。仁者，胸襟博大而宽厚仁慈，乔致庸无愧此名。

1877 年，清代旱灾中规模最大的"丁戊奇荒"发生后，山西成为灾情最重的地方之一。

旱情消息传来，乔致庸马上召集全家上下老小开会，并宣布了三项决定：

第一，家中所有的人，无论男女老幼生活一律从简，灾年期间一律不许做新衣服，更不许吃山珍海味；

第二，凡乔家堡的人，按人发给足以维持生活的粮食，直到灾年过去；

第三，在街上设锅施粥，而且要求所熬的粥一定要达到"插上筷子不倒，解开布包不散"的标准。

第二天早晨，乔家堡的人出门后发现，自己大门外哪来的米面？很快，早已熟悉乔致庸作风的乔家堡人，马上就明白过来，这是乔致庸给堡里人家送的度灾年的粮食啊。

乔家堡一施粥，四面八方就来了很多饥饿的人，这天，外面的粥锅

"在中堂"匾额

原来，房主人的名字叫乔致庸，庸是中庸，取其不偏不倚，执两用中之意，所以定宅名为"在中堂"。

居然是前一天的两倍。

下午，总管就给乔致庸汇报，说需要粥的人明显多了，怎么办？

乔致庸很简单的一句话："继续，有多少放多少。"

乔致庸的六儿子，一向体质瘦弱，这天，他给厨房提出来要加点好吃的，厨房不敢给他做，就汇报了总管，总管又汇报了乔致庸。

晚上吃饭的时候，这个六爷一看桌子上没有自己提出来要吃的东西，就一脸的不高兴。

平常吃饭，安安静静的。这天的六爷，却把筷子扒拉地一阵响声。这一扒拉，得，六爷就把饭洒到了桌子上。

乔致庸抬头看了一眼，没有说话，继续吃饭。

等大家都吃完饭了，乔致庸说话了："把碗筷撤下去，大家都坐着别动。"

大家一看，心里明白，这是要训话了。

"老六，说说，你今天这是怎么了？"

"父亲，我就是想换个口味。咱们家又不缺那点东西，天天在外面施舍出去那么多粥，我换换口味还不行，我这不是身体不好嘛。"

"最近旱灾，家里的规矩，我已说过，就不再重复。你为甚把饭洒了？"

"洒就洒了，我又不是专门的。"老六说着话，声音逐渐低了下来。

"老六，站起来，背吧。"乔致庸大声说道。

全家人安静一片。

只有老六站起来的衣服摩挲声。

老六慢慢腾腾地走到乔致庸身边，开始背诵："一粥一饭，当思来处不易，半丝半缕，恒今物力维艰。"

一开始，老六的声音是嘟嘟囔囔的，但渐渐地，老六的声音大起来，声音清晰地传递到在座每个人的耳朵里，连小孩子也出声。

突然，老六诵读的声音停下来，"父亲，儿子错了，儿子再也不敢了。"

这老六，因为体弱，是乔致庸一直最宠的儿子，搁其他人，也不敢在这年头有这"妄想"。但老六没想到，这个家族的"惩罚"还是痛痛快快地发生在自己身上。

"老六知道错了就好。大灾之年，我们乔家还能大家一起坐在这吃饱喝足，这是我们的福。钱财都是身外之物，那些不是福。咱们乔家人，要惜福啊。今天就这样，散了吧。"

说完，乔致庸先离开了。

几天后，"在中堂"的内宅门上，挂上了一个乔致庸亲自拟定的对联：

求名求利莫求人，须求己；

惜衣惜食非惜财，缘惜福。

◆ 解析 ◆

世人所求，皆为名利。

乔致庸拟定这付对联，直接面对名利、衣食这些实在的东西，但是，名利可以求，衣食当然惜，作为人却不能够把对名利的追求寄托在他人身上，一切都应该自己努力去争取，这是最真实的也是最实在的对儿孙的勉励。

乔致庸的特点在于他把这作为对联刻在自己所居住的宅子里，他这么做，是要让每天经过这个地方家庭成员，在有意无意中、耳濡目染地接受到这样的价值观念。

求名利坦荡荡，但自己努力不要求人；惜衣食不惜财，因为做人要知道什么才是真正的福。

正确地对待名利，正确地对待衣食，正确地对待财与福，即便是到今天，也是很多人没有搞明白的一个道理。

乔致庸的对联，言简意赅，值得我们熟记于心。

◆ **思考题** ◆

1. 求己却爱人，乔致庸图什么？

2. 四川省汶川 5.12 大地震之后，老乞丐捐钱和名人开空口支票形成鲜明对照。他们"惜"的是什么？

06 "果天数乎，抑人事乎"

【忠】

受人之托，忠人之事。晋商中的优秀分子，不但忠实于他们的东家和顾客，更忠诚于民族兴盛、行业发展和职业操守，无论是否在岗，也无论生死，如血溶于水，浃肌入骨。"苟利国家生死以，岂因祸福避趋之"，李宏龄、渠本翘对山西票号的热爱与执着，是一种大忠大义。

1913 年，蔚丰厚票号京号掌柜李宏龄退休回家，1917 年，在他去世的前一年，李宏龄将几十年的商业往来信件编成了《山西票号成败记》和《同舟忠告》两本小书并自费出版。

在《同舟忠告》中李宏龄把票号的事业比做一叶扁舟，浮沉于惊涛骇浪的时局之中，他认为票号的最终失败天灾是一方面，更重要的是票号同仁不能同舟共济，只在设法玩弄权术争夺名利，在《山西票号成败记》的序言中他写了这样一段话："今者机会已失，商运已衰，纵有救时良策，亦往托诸空言，惟耿耿之怀，终难自已，缓将筹设银行前后信件前后次第排列，俾阅者始知原委，知我票商之败果天数乎，抑人事乎？"

20 世纪初，外国银行势力在中国逐渐渗透，与山西票号争夺汇兑业务。从 1904 年起全国各界有识之士纷纷希望由山西商人出面将信誉

《山西票号成败记》和《同舟忠告》书影

满天下的票号改组为现代银行，1904年8月，当时非常有影响力的《南洋官报》上连续两天刊载《劝设山西银行说贴》，在这篇说贴中作者认为"银行为各国财政之命脉"，接着就劝告"晋省富商从速变计，早立一日之新基则早辟数年之大业"，如果真能将票号组成银行，"则晋民幸甚，天下幸甚"。

在山西票号内部，身为京城山西汇业领袖的蔚丰厚票号京号掌柜李宏龄为山西票号改组之事四处奔走，1908年4月，在德胜门外山西会馆，山西票号北京分号的掌柜们都赶到这里公议这项朝廷颁布的新章程，这一年，61岁的李宏龄和众掌柜商量的结果，祁县、太谷、平遥三地所有票号京庄的经理一致同意合组一家三晋汇业银行，几天之后，所有山西票号的总号、分号都接到了由北京寄来的绝密信件——

敬启者，我晋向以善贾驰名中外，汇业一项尤为晋商特色，近十年来各业凋零，而晋人生计未尽绝者独赖汇业撑柱其间，晚辈焦灼万分，彷徨无措，连日会商，自非结成团体自办银行，不足资抵制，不足以保利权。

这些信件的结果是，在山西的东家和掌柜对外面回来的意见不但不予接受，不像过去一样外出考察后再决定，反而妄自猜度，平遥蔚字五联号总掌柜毛鸿翙甚至说"银行之议，系李某自谋发财耳，如各埠再来函劝，毋庸审议，径束高阁可也"。

李宏龄听到这个消息，"如冷水浇背，闭口结舌"，马上一病不起，然而，就是在病中，他依然拖着病体继续写信，不过，山西总号大掌柜们的回馈消息已经不再有了。

就在同时，有一个人，回到了山西，他就是渠本翘。

原来，在李宏龄们给总号的信中，还提出了开办银行的具体章程，首先每家出资五万两白银，并发行股票向社会募集一部分资金，组成三五百万两的资本，其次新成立的银行为有限责任公司，设立董事局并聘请渠本翘为总经理。

渠本翘当时是比较有威望的富商，在清政府考上过进士，当过清政府驻横滨的领事，渠本翘对李宏龄们的票号改组计划完全赞成。

渠本翘那次回山西就是要当面劝说各家票号的大掌柜出资合组银行，渠本翘不仅面陈合组银行的好处，而且也说明即使将来银行失败，各家不过损失几万两白银，这和各家票号在以往的金融风波中损失十几万两、几十万两的银子比起来要少得多。

日升昌的大掌柜梁谓舟当面表示，组建银行"家数太多，人心不齐，难以成事"，还说，开设银行就是为了彼此保护，"万一将来有不能自存之号，既无实款可济其用，反受其拖累"。

梁谓舟的意见几乎代表了当时山西各票号总号掌柜们对于组建银行的这样一个忧虑，当年的山西商人们在全国各地都可以捐资建会馆以便彼此帮助、同舟共济，但在面对危机的时候，各家似乎首先顾虑的是自己的利益。因此，渠本翘的当面游说也只能无功而返。

山西票号衰败的命运就此走上了彻底无法挽回的道路。

1914年，日升昌票号倒闭，天津《大公报》在描述当时情况时用了这样的语言："彼巍灿烂之华屋，无不铁扉双锁，黯淡无色，门前双

今日日升昌

1914 年日升昌票号倒闭，天津《大公报》描述到："彼巍灿烂之华屋，无不铁扉双锁，黯淡无色。"

眼怒突之小狮一似泪下，欲作河南之吼，代主人喝其不平，前日北京所传倒闭之日升昌，其本店耸立其间，门前当悬日升昌金字招牌，闻其主人已宣告破产，由法院捕其来京矣。"

1918 年，在自费出版《山西票号成败记》和《同舟忠告》两本小书一年后，心有不甘的李宏龄带着一生的遗憾病逝于山西平遥故里，他的那句"我票商之败果天数乎，抑人事乎"成了山西票号的永久问号，至今无人能解！

◆ 解析 ◆

在山西的票号掌柜中，李宏龄是以干才而闻名的，作为蔚丰厚票号的一员，他先后主持该号北京、上海、汉口分号三十多年，为票号的发展立下了汗马功劳。后来，他更成为山西汇业在京城的领袖。

长期在外，李宏龄了解时势，洞悉趋势，因此，面对外国银行的竞争，面对清政府的政策，他内心万分着急，希望能够在有生之年为山西票号的发展尽自己的全部力量。

但是，他的所有努力最终落空了。1914年，已归故里的他还是看到了日升昌的倒闭。也许，山西票号的倒闭，早已经在他的预料之中，不过，他还是心有不甘，不能为票号转型尽力，那就做一点力所能及的事情吧。为此，他自费出版了两本小书。

生前不能够为票号的发展尽力，死后，他还是希望后人能够记得有这么一段历史。作为一个为山西票号贡献了一生的掌柜，李宏龄的心里，更多的是希望后人能够汲取晋商发展历史上的教训。

这个教训是：非天数，而是人事让晋商走向了衰败。

◆ 思考题 ◆

1. 常言道，"人在江湖，身不由己"，李宏龄认为，"成败得失，皆系乎人"，世间成败兴衰，究竟是人还是江湖在推动？

2. 晋商的辉煌，在今天人的眼里，就是深邃富丽的大院，就是巍峨壮观的会馆。其实，在这些砖瓦木石构造的建筑背后，是一代又一代膜拜关公、胸怀忠义、坦荡逐利的东家、掌柜和伙计们的智慧和汗水。当白银帝国灰飞烟灭，我们重新行走在晋商古道上，不禁要问：如果没有关公崇拜，晋商能否成就一个500年的忠义资本？

第三部分
附 录

鄙人在海外十余年，对于外人批评吾国商业能力，常无辞以对，独至此，有历史，有基础，能继续发达之山西商业，鄙人常自夸于世界人之前。

——梁启超 1912 年致辞

聊城山陕会馆中，晋商祭献的牌匾

与这个牌匾在一起的，还有一座碑，1807年树立的《山陕会馆接拔厘头碑记》写着："从来可大而不可久者，非良法也；从来能暂而不能常者，非美意也。"

全国各地部分晋商会馆

安徽亳州山陕会馆（1656 年）："花戏楼"见证药都义利传奇

1656 年，行贾于亳州的一批山西、陕西富商，看中了涡河之阴破旧的关帝庙，立刻筹措资金，招聘名匠，进行修复；同时增建"花戏楼"，作为"山陕会馆"和聚财金库。

明清时期，亳州是全国四大药会之一，外地客商多云集于此，当时的亳州盛产牡丹花，盛演古装戏。修缮活动历时 260 余年的亳州花戏楼，演艺了晋商在中国药都的义利传奇。

"花戏楼"舞台正中屏风透雕二龙戏珠，上悬匾额曰"清歌妙舞"，中间上下场门有二额"想当然"、"莫须有"。台前悬挂木匾对联曰"一曲阳春唤醒今古梦，两般面孔演尽忠奸情"。

湖南湘潭北五省会馆（1665 年）："天下第一壮县"新关圣殿

1665 年（清康熙初年）前后，在今湖南湘潭市雨湖区平政路 392 号，山西众商公建了一间关圣殿，座北朝南，占地面积 4066 平方米。当时既为祭祀关羽的场所，又为山西、河南、甘肃、山东、陕西北方五省旅潭商人的会馆，称北五省会馆。

殿内供奉关圣帝，亭柱上刻有对联三副，其一为："天地一完人，文武才情忠义胆；古今几夫子，英雄面目圣贤心。"

辽宁海城山西会馆（1682 年）：东北海上商埠有晋商

辽宁省海城市西门外大街，兴海管理区东侧，"三学寺"的西侧，南约1.5华里为海城河，有一座高大的庙宇，它就是一百多年前晋商聚会、议事的山西会馆。山西会馆原为清代庙宇建筑，康熙二十一年（1682）重修扩建后改为山西会馆。

海城山西会馆，集悬山式、歇山式、硬山式建筑风格于一体的北方会馆的典范。在四根朱色的圆柱上，书有两副对联：外联为"亘古一人大义参天"；内联为"赤兔青龙忠义千秋"。

武汉汉口山陕会馆 （1683 年）：晋商会聚"天下四聚"之首

1683 年（康熙二十二年），正如日中天的山西商人和陕西商人联手，在这里建起当地最早最大也最气派的会馆"山陕会馆"，当地人称"西关帝庙"。

西关帝庙内的春秋楼，曾经供奉着一尊关公读《春秋》像，其中的《汉关夫子春秋楼碑记》写道："盖所以作忠臣义士之准，而非以攻骚人墨士之娱。此春秋楼之所以有也。"

河南郏县山陕会馆（1693 年）：中原古城邑"发现"山陕庙

据《平顶山市志》记载：郏县山陕会馆位于西关大街，建于清康熙三十二年（公元1693年）。山门之上雕有"山陕庙"三个大字。因此，郏县山陕会馆又名山陕庙，也有人称其为关帝庙。

秦、晋商人靠信义打造的商业文明早已融入了山陕会馆的一砖一瓦、一石一碑中，那风雨中稳立的山陕会馆无言却有境，似在提醒人们：莫忘道义严律己。

—— 《平顶山晚报》

甘肃张掖山西会馆（1724年）：丝绸之路上的晋商"驿站"

1724这一年，在甘肃河西走廊，以"张国臂掖，以通西域"而得名的张掖，山西商人盖了一座关帝庙；6年以后，即1730年，由当地山西客商募捐，关帝庙经改建成为山西会馆。会馆将宫廷建筑与民间建筑融为一体，形成起伏开阔，疏密相间，错落有致的院落群体。

张掖市，丝绸古道之重镇。在这曾让著名旅行家马可·波罗留连忘返的古城里，让人意想不到的是有一座建筑豪华的山西会馆。

河北鹿泉晋商会馆（1724年）：太行山深处旱码头有"东西"

1724年（清朝雍正二年），由山西省经营铁货的商人出资兴建，并作为在获鹿经商的山西人聚会、居住的场所，时称铁行会馆，又叫东会馆。1767年，由山西和获鹿的钱行、杂货行、棉花行等商人共同创建了一所会馆，时称"山右书院"、"山右会馆"，实际名为"晋鹿会馆"，又称西会馆。

为了建造这组既有宫殿风格又有庙宇模式的巨大建筑群，他们"运巨石于奇石山，聘名匠于五台县"，连烧制的琉璃瓦、砖也是来自山西，可见工程之浩大。

江苏徐州山西会馆（1742年）："五省通衢"晋商必争

乾隆七年（1742年），山西商人集资扩建徐州相山神祠，改为山西会馆。徐州五省通衢，自古兵家必争之地，也是商家必争之地，现存的山西会馆见证了晋商在徐州的"必争"。

殿廊大柱上的楹联曰："生蒲州长解州战徐州镇荆州万古

神州有赫，兄玄德弟翼德擒庞德释孟德千秋至德无双。"寥寥
数语概括了关羽悲情英雄叱咤风云的一生。

山东聊城山陕会馆（1743年）："东方威尼斯"晋商荟萃

公元1743年（清乾隆八年），由山西、陕西的商人为"祀神明而联
桑梓"集资的聊城山陕会馆开始兴建，66年后，会馆全部建成。会馆
东西长77米，南北宽43米，占地面积3311平方米。整个建筑包括山
门、过楼、戏楼、夹楼、钟鼓二楼、南北看楼、关帝大殿、春秋阁等部
分，共有亭台楼阁160多间，现为全国重点文物保护单位。

1845年它第五次重修，聊城知县李正仪为此写了碑文：
"斯役也，梓匠觅之汾阳，梁栋来自终南，积虑劳心，以有今
日。今众聚集其间者，眈然蔼然，如处秦山晋水间矣。"

河南洛阳潞泽会馆（1744年）：河洛文明潞泽生辉

"唯有牡丹真国色，花开时节动京城"，1744年，在我国"三大古
都"之一洛阳，山西潞安府（今长治市）和泽州府（今晋城市）两地的
商人集资兴建潞泽会馆。在河洛文明古地，潞泽商人为代表的潞泽文明
熠熠生辉。

乾隆二十一年《关帝庙新建碑文》记言："洛阳城外东南隅之关帝
庙，建自潞泽商人崔万珍等，规模宏远，状貌巍峨，极羣飞鸟芽之奇
观，穷丹楹刻桷之伟望，捐金输粟，取次成功。"

清代初年，山西商人势力得到了飞速发展，他们的资本积
累已相当可观，"平阳、泽、潞富豪甲天下，非数十万不称富"。

内蒙古多伦山西会馆（1745 年）："漠南商埠""晋境胜地"

公元 1745 年（清乾隆十年），多伦山西会馆由山西籍旅蒙商集资兴建。晋商在多伦建设会馆的目的，是为方便山西同乡来往交流，并为刚来此地的乡友提供落脚安身之处。

据资料显示，多伦城商业鼎盛时期注册的商号达 4000 余家，其中山西商人的商号占总数的 1/4，但其所拥有的资产却占到一半以上，山西商人是当时多伦财富的主要创造者。

东西配殿内的墙壁故事画，每一幅画的注脚上都标有商号赞助的银两数目，数目大则画面大，数目小则画面小。

天津山西会馆（1755 年）：晋都会馆、晋义堂分庭抗礼

1755 年，（乾隆乙亥年），为改变"各事其事、各业其业，里许咫尺间，岁不一晤"的现状，冯承凝（山西翼城人）、贾汉英（山西曲沃人）等被同乡尊称为"诚敦厚长者"的晋商，"率乡人贸易天津者，各捐资财，共成胜事"。3 年后，晋商在天津的首座会馆晋都会馆建成。

1808 年 9 月（嘉庆戊辰年），估衣街山西会馆开建。据天津商会档案二类 2794 卷载，"兹有我晋商阖属杂货十三帮公集巨款，旧在天津估衣街中间山西会馆内创建杂货十三帮公所一处，名曰晋义堂，以为办公事宜。"

至此，天津卫商埠晋商云集，晋都会馆与晋义堂分庭抗礼，见证了晋商在天津卫的发展。

"乃营建之资尚无所出，因之，公同募化。凡本津之晋贾及外镇之西商，闻此义举，无不欣然乐施，共捐千有余金。"

河南社旗山陕会馆（1756年）："茶叶之路"上的"天下第一会馆"

1638年，茶叶首次作为一种政治上的试探，正式被靠近中国的俄国人介绍到俄国。1689年，"茶叶之路"正式开通，并成为东西方两大帝国之间直接的贸易和政治接触面。

唐河是"茶叶之路"上重要的一环，而在这一区域，社旗镇无疑是运作最为成功的水陆码头。

1756年（清乾隆二十一年），在历史文化名城河南南阳东45公里的地方，有座古镇——社旗镇，镇的中心处矗立起一座雄伟壮观的古建筑群——山陕会馆。

"运巨材于楚北，访名匠于天下"，其用材之优，延聘工匠之多，为斯时斯地建筑工程之冠。各地的能工巧匠汇聚于此，各展"绝活"，耗白银数百万两，使社旗山陕会馆的建筑装饰艺术达到了其时的巅峰状态。

四川山西会馆（1756年）：成都"古中寺"重庆"三晋源"

1756年（乾隆二十一年），成都已俨然是个购物天堂，在这个购物天堂的古中寺街，山西会馆诞生，今天，这里已经成为成都市青少年宫的所在地。

同期，在重庆，朝天门过街楼朝天观，晋商修建了一个山西会馆，会馆内祀奉关帝，清代中期将会馆迁建在太平门内人和湾，即今天重庆市邮政局巷内。

山西会馆馆长之所以位居"八省会馆"领导人，凭的是经济实力、诚信待人的商业道德和社交广泛及解决问题的能力。

河南开封山陕甘会馆（1765 年）：glory is as ephemeral as smoke and clouds

山陕甘会馆位于开封市中心的书店街和西大街的交界处，是清代山西、陕西、甘肃三省旅居开封的商人集资修建的。始建于乾隆年间，距今已有 200 多年。

嘉庆初年，会馆建筑年久失修，老会首张恒裕、车日升、昭馀馆、保元堂等召集山陕商户开会说：圣庙创立 30 余年，现不如以前。前人既已创建，后人若不增修，有碍圣神之道，有失前辈向善之诚。

江苏苏州全晋会馆（1765 年）："人间天堂"晋商俱乐部"不临时"

1765 年（清乾隆三十年），当时在苏州经营的晋商汇兑、办货、印账三帮集资创建了一个晋商在苏州的俱乐部——全晋会馆。

1963 年，全晋会馆被列为苏州市文物保护单位，1982 年被列为江苏省文物保护单位。2006 年被列为全国重点文物保护单位。

溢翠流丹构建精，画甍雕镂自宜情。

吴中会馆知多少，美奂美伦耀古城。

——沈高《题全晋会馆》

北京平阳会馆（1802 年）：京师晋商生意之余自娱自乐

1802 年（清嘉庆七年），在东方古国的北京，今天北京崇文区前门外小江胡同，来自山西平阳府及周边二十余县商人联合修葺了一所会馆，这所会馆就是北京平阳会馆。

在异地经营的晋商，经商之余，置身自家会馆，听听家乡戏，也算是自己对自己在劳动之余的补偿。如今，北京平阳会馆戏楼是北京现存规模较大、保存比较完整的清代风格民间戏楼佳作。

平阳会馆戏楼中存有一块书有"醒世铎"的横匾，落款为明末清初书法家王铎——明天启壬戌进士，官至礼部尚书，曾为明末福王东阁大学士，清顺治时为清廷礼部尚书。

1912年，梁启超先生回到北京之后，特意出席了山西商人为他举行的欢迎会。在会上，他说了这样一段话："鄙人在海外十余年，对于外人批评吾国商业能力，常无辞以对，独至此，有历史，有基础，能继续发达之山西商业，鄙人常自夸于世界人之前。"

青海西宁山陕会馆（1888年）："西海锁钥"山西"客娃满半城"

1888年（清代光绪十四年），客居西宁府的山西、陕西籍商人在现西宁市东关大街捐资建成山陕会馆，作为当时秦晋商家"叙乡谊、通商情、敬关爷"的商帮会所。

在青海，商业主要由山、陕两省的客商经营，其中尤其以山西人较多，来宁（西宁）时间也较早，如"合盛裕"、"晋益老"商号都有290年以上的历史。

2008年5月13日，西宁山陕会馆修缮工程竣工开馆，焕然一新的会馆为西宁市的旅游彩图又增添了一处亮丽的景致。

西宁的"山陕会馆"四字匾额系国民党元老、书法家于右任（陕西人）所题。

附录二

晋商商业谚语录

在浩如烟海的谚语里，商谚是重要的一支，山西商谚尤为丰富，面广意深，仅太原一地即有千条之多。它是晋商在艰苦创业中多年积累的实践经验结晶和智慧的表达。择录少许，以窥一斑。

重商谚：

有儿开商店，强如坐知县。

良田万顷，不抵日进分文。

要想富，庄稼带店铺。

买卖兴隆把钱赚，给个县官也不换。

商业道德谚：

宁叫赔折腰，不让客吃亏。

买卖之道，和气生财。

买卖不成仁义在。

生意无诀窍，信誉第一条。

货有高低三等价，客无远近一样亲。

和气生意成，冷言伤人情。

秤平斗满尺码足。

习商谚：

十年寒窗考状元，十年学商倍加难。

忙时心不乱，闲时心不散。

人有站相，货有摆样，快在柜前，忙在柜后，能打会算，财源不断。

买卖不算，等于白干。

家有家法，铺有铺规。

过七不过八，过八利钱加（赎当）。

南京到北京，买的没有卖的精。

褒贬是买主，喝彩是闲人。

经商不怕笨，就怕不学也不问。

营销谚：

百里不贩粗。

不怕不卖钱，就怕货不全。

买卖争毫厘。

生意没有回头客，东伙都挨饿。

人离乡贱，物离乡贵。

赊三不如现二。

逢贱莫懒，逢贵莫赶。

贵了抢着买，贱了不好卖。

本大利大，钱多胆大。

买卖赔与赚，行情占一半。

卖货先开口，顾客不愿走。

屯得应时货，自有赚钱时。

人叫人，观望不前；货叫人，点首即来。

薄利多销。

包装谚:

货卖一张皮。人靠衣装, 货靠包装。

货扎三道紧, 账算三遍清。

驼运货物牢拴绊, 运行万里样不变。

游学晋商：体验"忠义的资本"

在时光进入 2009 年的时候再来谈论晋商文化的话题，多少有点老套的味道，但是，作为一个正在挖掘并日渐刷新的中国商业文化的代表之一，显然，任何时候这个话题都可以常谈常新。

晋商以其忠义的个人和家族修养，以其忠义的商业实践，缔造了一个白银时代的商业帝国。

从晋商大院出发，沿着晋商古道，抵达晋商会馆，沿着这条"路线"来切入晋商文化，有两个层面的意思：一是寻找晋商文明，我们已经走过什么样的路线；二是继承和发扬晋商文明，我们正在和应该走什么的路线。

明清晋商已经远去，明清忠义的资本已经凝聚为晋商大院和晋商会馆的建筑，触摸这些砖瓦木石构造和精雕细刻装饰，我们能唤起哪些回响和感悟？我们能亲近怎样的灵魂与骨肉？今天，谈中国商业文明，言必称晋商，然而，谁来续晋商的魂？今天，无论是山西煤老板还是其他各地的富人们，那些今天的忠义的资本又在哪里？

从《乔家大院》到晋商大院

祁县乔家堡村的乔家大院——祁县县城的渠家大院——太谷北洸村的曹家大院——灵石静升镇的王家大院——榆次东阳镇车辋村的常家庄园

2006 年 2 月 13 日，45 集电视连续剧《乔家大院》在中央电视台一

套黄金节目时间播出，中央电视台文艺中心影视部、北京华晟泰通传媒投资有限公司、山西祁县县委、县政府等单位1月21日在北京梅地亚中心联合举办了该剧的首播媒体见面会，该剧主创、主演出席了见面会。

电视连续剧《乔家大院》表现的晋商节俭勤奋、明礼诚信、精于管理的人文精神，在观众中产生了强烈共鸣。

2006年5月7日上午，乔家大院景区办公室主任孟希旺翻出了"黄金周"期间统计出的接待情况日报表。5月1日的报表上，"情况说明"一栏："乔家大院景区火爆"。5月2日："更加火爆"。5月4日："依然火爆"……

自从电视剧《乔家大院》播出后，前往乔家大院旅游

平遥夜景

的人成倍增长，孟希旺说，比平时火爆，也比往年火爆，这年"五一"的乔家大院，如果用一个词形容，那就是———火爆。

当年"五一"期间，乔家大院共接待游客41.7万人次，收入845万元，居全省各景区门票收入第二位。在乔家大院的带动下，山西省大院游全面"火"了起来。王家大院672.40万元，常家庄园473.60万元，均排在了全省各景区的前几位，与2005年"五一"相比，增长率都在10%至40%之间。大院集中的晋中市，黄金周期间共接待游客191.30万人次，超过省城太原的接待人数，同比增长27.23%。

祁县乔家堡村的乔家大院、祁县县城的渠家大院、太谷北洸村的曹家大院、灵石静升镇的王家大院、榆次东阳镇车辋村的常家庄园，这五座深邃富丽的晋商大院不仅将民居建筑文化发挥到极致，体现了山西民居、甚至北方民居的菁华，同时，它也是晋商五百年兴衰史的见证，大院里一砖一瓦、每个细节局部都有晋商文化交织其中。

电视剧的热播效应引发了民众对晋商创造财富奇迹的好奇，参观晋商大院，探寻晋商创造财富的秘密，成为很多游客前往晋商大院旅游的内心驱动力，而以晋商大院为主题的晋商文化，由此成为当年的一道亮丽风景。

随后，山西省内如祁县城的何家大院、阳泉官沟张家大院、碛口西湾陈氏民居等等更多的晋商大院在这一波晋商文化的潮流中引起关注，开始进行管理修缮。

从晋商大院到晋商会馆

北京阳平会馆、三家店山西会馆——河南开封山陕甘会馆——江苏苏州全晋会馆——山东聊城山陕会馆——河南社旗山陕会馆——江苏徐州山西会馆——甘肃天水山陕会馆——内蒙古多伦山西会馆——等等

2006 年 10 月 19 日上午，《全国晋商会馆摄影图片展》在山西太原开展，山西原省领导王庭栋、张邦应、赵凤翔等剪彩并观看了展览。本次展览共展出图片 200 余幅，涉及北京、上海、内蒙古、辽宁、山东、江苏、安徽、河南、甘肃、重庆等 10 余个省市区的 20 多个会馆。其中，近半数为全国重点文物保护单位。如此大规模地展览晋商会馆，在全国尚属首次。

会馆是"同籍贯或同行业的人在京城及各大城市所设立的机构，建有馆所，供同乡同行集会、寄寓之用"。遍及全国的山西会馆多数都依照山西风格，面对山西而建，有的会馆甚至全部用家乡的建材所造。没有哪一个省份的会馆，像山西会馆这样覆盖全国，保存完好。

荣浪，心绪不能平静

值得关注的是，这一展览的始作俑者是一位山西的 80 后的小伙子——荣浪。

从历史的角度关注晋商文化，在山西省内看晋商大院，在山西省外则要看晋商会馆。如果说晋商大院只是山西商人获得财富后回家乡盖的自用宅子的话，晋商会馆则是真正体现着晋商文化真谛和精髓的文化遗迹。

2006 年 3 月，应中国佛教协会的邀请，荣浪去甘肃张掖为一个寺院拍一组照片。当地文化部门的人知道他是山西人后，高兴地指着一个将要改建为斋堂的建筑物说："那是你们山西人盖的，是原来山西商人盖的会馆。"在这么偏僻的地方，竟然还有山西人的足迹！普普通通的一句话让荣浪感到非常震惊。现要把会馆改成斋堂，则让他愤愤不平：凭什么要把我们山西人的东西改作他用！张掖之行回来后，荣浪的心绪还是不能平静：曾经是山西游子寄托乡情的会馆，曾经显示晋商吞吐天下气概的会馆，曾经见证着晋商辉煌和繁华的会馆，落到如今这样一个田地。经过几番思索，他暗下决心：一定要走遍中国的山西会馆，用手中的笔和相机将它们都记录下来。

以一个人的力量要担负拯救会馆的责任，说听起来似乎也有点荒诞。但是，"即使走一小步，那也是一个新的高度"，王石这句话，给了荣浪前进的信心。荣浪以自己的坚持，做到了！半年多的风餐露宿，带给他的是与晋商会馆的亲密接触，更大的价值，则是他希望把自己感受接触到的晋商会馆的文化传播给更多的人。

2007年9月，《全国晋商会馆图片展》落户王家大院，现在，游客在参观大院风采的同时，还能看到遍布在全国的32个山西会馆的风貌。

遍布全国的山西会馆，是外出的晋商增强凝聚力的场所，起着沟通商情，联络乡谊，互相帮助的作用。同时，也是他们实行自我约束，要求诚信经商，特别是经常面对关公塑像盟誓的地方。关注晋商文化，更应该走进全国各地的山西会馆遗址中，去感受和体会当年山西商人的勤奋和努力，因为，那里才是他们创业和经营的日常所在。

从晋商会馆到晋商古商道

山西运城——平遥——雁门关——黄花梁——杀虎口——内蒙大盛魁、内蒙呼和佳地公司

2007年7月17日从北京出发，7月24日回到北京。我们一行工作

和生活在北京的山西人从北京出发去寻找晋商古商道，体验晋商文化，感受晋商精神。

选择这样一条线路，一方面是正好从山西南部贯穿到达北部，另一方面，据经济学家梁小民考证："晋商的出现是由于山西拥有自己独有而别人离不开的盐，而盐池则成为晋商和中国商业的原始起点。了解晋商要从运城那一片浩瀚的盐池开始，那里是晋商的起点。"（《小民话晋商》）

平遥，是过去和现在，山西一个不可或缺的原点，无论是曾经的日升昌，还是今天保存完好的古城。

雁门关，作为一个军事重镇，同时也是一个山西商人走西口的必经之路。在雁门关上，我和郝伟、付宜宾、阎瑞珍共同抄录下来一个碑文，记录的是当年雁门关道受到损坏后商人积极修建的事情：

留芳百代

山右之有雁门关也，南北通衢，东西要路，迤俪数十里。沙石纷起，飞泉四出，屹屹然称天险焉。自善全禅师不避艰苦，沿途拖钵，凿山开路，通水道、搭浮桥、垫沟渠、修坡路，迄今六十余年，行人颇称便焉。戍申夏，大雨连绵，洪水为灾，山形暴列，地势大倾，以至往来行旅狩多中止，遥遥道路，欲返驾而无从，栖栖他乡，竟绝粮之可虑。清珠师目睹此情，心伤其事，因求道州两大□，转请代州绅衿，逾令本城四乡，各给缘簿一本，募化于经商必由是路者，而恐缓不济急，各暂借钱贰百吊，以期建成。嗣后募缘补项，有余归公，南乡同人，敬求多伦商友，不数日而捐金四百。此事之成，商界之力也，因并志之，以垂不朽。

龙飞大清宣统元年季秋月

广东知县高国文

增生侯麟振丹书

（余有各地经理捐助明细，此处不复一一列出。）

在黄花梁上，当地村民给我们讲述了当时走西口的山西人在这个地方抛鞋子的故事。当年，外出的山西人，就站在这处叫黄花梁的山冈上，唱起那曲悲凉的《走西口》的歌。站在梁上，面朝家乡，哭够了，唱完了，这些必须赚钱回家男人们把选择的权利交给了老天爷，他们脱掉自己的鞋子，随便一扔，鞋子落到哪里，他们就走那条道。一条路通向右玉杀虎口，就是西口；一条路通向河北张家口，就是东口。

穿过杀虎口后，我们进入了内蒙古，在呼和浩特，我们寻找到了大盛魁的旧址，一个小院子里，只有留守的看

西湾村陈家大院

黄河岸边商业古镇——碛口。

门人一家，周围，都是即将要拆除的民居。在大盛魁不远处，还有一家晋商的票号遗址，可惜，门关着，据说，看门人回家吃饭去了。

作为这一次探索之旅的重要收获，则是一个新"走西口"的公司呼和佳地，这是一家房地产公司，他们以山西人的信义经营着地产（无条件退房等等），更重要的是，他们把晋商文化带去了内蒙古，花数百万元请话剧《立秋》、舞剧《一把酸枣》、京剧《走西口》，请内蒙古人民免费观看。

值得一提的是，这家公司的男主人李京陆，则早已在库布其沙漠治沙了。山西人李京陆一直关注内蒙古作为祖国北方生态屏障的防沙治沙工作，在个人事业初成后，随即举资投身于库布其沙漠的治理。（呼和浩特的地产项目其实是李京陆和范玫子夫妇潜心治沙回报社会的一个附属经营项目。）"走西口"的晋商李京陆到沙漠里治沙去了，这不正是当年晋商胸有家国的襟怀的现实写照吗？

明清山西商人的远距离长途贩运贸易中，逐渐开拓和形成了几条商路，其中主干线南起广州，中经山西晋中市，北达蒙古、新疆及俄国，进入欧洲市场。又可称作"茶马之路"，南来"烟酒精布茶"，北来"牛羊骆驼马"。其路线大致为：

①平遥、祁县、太谷 -- 子洪口 -- 潞安 -- 晋城 -- 清化 -- 开封 -- 周口 -- 汉口 -- 长沙 -- 广州

②平遥、祁县、太谷 -- 太原 -- 忻州 -- 黄花果 -- 杀虎口 -- 归化（呼和浩特）-- 库伦（乌兰巴托）-- 恰克图 -- 伊尔库茨克 -- 新西伯利亚 -- 莫斯科

③平遥、祁县、太谷 -- 太原 -- 忻州 -- 黄花果 -- 张家口 -- 多伦 -- 齐齐哈尔 -- 满洲里

④扬州 -- 苏州 -- 临清 -- 北京 -- 张家口 -- 库伦 -- 恰克图

⑤天津 -- 北京 -- 张家口 -- 大同 -- 杀虎口 -- 包头 -- 宁县 -- 张家口 -- 古城 -- 乌鲁木齐

⑥库伦 -- 科市多 -- 古城 -- 乌鲁木齐 -- 伊犁 -- 塔尔巴哈台

今天，体验晋商文明，通过户外运动与旅游结合的方式探寻这些古商道，一定会有相当的收获。

谁真正需要晋商文明？

晋商文明，是中国商业文明的典范之一，是一种应用型的文化。理解和感受晋商文化，最适当的莫过去商业实践。

因此，在 21 世纪的中国，今天，谁真正需要晋商文化，应该是富有创业梦想的人们和正在创造财富的企业家们，他们将是中国传统商业文化的最大受益者，更将是中国新兴商业文化的真正缔造者！

值此全球金融危机发生的历史时期，值此全球都在寻找良性经济发展之道的时候，2009 年 3 月 18 日美国，《纽约时报》率先向平遥的山西大掌柜取经——

With the global economy now reeling from the banking crisis that began in the United States, and as the explosive economic growth of China begins to slow, the rise and fall of Pingyao could be read by some as a cautionary tale.

伴随着源起美国的全球金融危机的蔓延，当中国的爆炸性的经济发展也开始减速的时候，平遥的兴衰对我们来说就是一个警醒的故事。

"The banks tell a history of Chinese financial development, like how China started to transform from feudalism to capitalism," Ruan Yisan, a retired professor from the architecture department of Tongji University in Shanghai who has been instrumental in the restoration of Pingyao, told The Times. "The staffs of the banks were trained to be objective and highly responsible to the accounting of the banks. Now, corruption is common and

people don't place much value in moral qualities."

曾参与平遥的修复工作的上海同济大学建筑系退休教授阮仪三说，"这些票号见证了中国金融发展史，比如中国如何从封建经济转向资本主义。票号的伙计们训练有素，他们对账目客观公正、高度负责。现在，人们不再看重道德品质。"

Compared with the excesses of today, scholars say, the early days of banking were a time of solid business ethics. There were no toxic mortgages, no opaque financial instruments. Trust among businessmen was so strong that the banks were able to start a system of remittances, credit and check writing, the first of its kind in China. Currency was in silver ingots.

学者介绍，和今天银行的贪得无厌相比，银行的初级阶段就是完全的商业道德时期。那时候，既没有不良抵押借款，也没有暗箱操作。商人之间的信任如此坚定，使得银行间可以建立一个汇款、信贷和汇兑系统，这是中国最早的融资模式。其流通货币是银锭。

当年山西平遥票号从业人员的职业道德，是当年山西票号制胜的核心竞争力。当然，如今，山西票号已经成为历史。但是，山西商人当年坚如磐石的商业道德感，还是全世界商人至今不可逾越的高度。

那个时代商业的道德感，其实，就是忠义的中国商业精神。

今天，我们回望晋商，回望平遥，我们遥望美国，遥望世界，我们相望的，恰是忠义的商业精神，恰是忠义的资本故事。

附：游学晋商图示（制图：阿楠）